Tudo que eu queria te dizer

Livros da autora publicados pela **L&PM** EDITORES:

Cartas extraviadas e outros poemas – Poesia
A claridade lá fora – Romance
Coisas da vida – Crônicas
Comigo na livraria – Crônicas
Comigo no cinema – Crônicas
Conversa na sala – Crônicas
Divã – Romance
Doidas e santas – Crônicas
Felicidade crônica – Crônicas
Feliz por nada – Crônicas
Fora de mim – Romance
A graça da coisa – Crônicas
Liberdade crônica – Crônicas
Um lugar na janela – Crônicas de viagem
Um lugar na janela 2 – Crônicas de viagem
Um lugar na janela 3 – Crônicas de viagem
Martha Medeiros: 3 em 1 – Crônicas
Montanha-russa – Crônicas
Noite em claro – Novela
Noite em claro noite adentro – Novela e poesia
Non-stop – Crônicas
Paixão crônica – Crônicas
Poesia reunida – Poesia
Quem diria que viver ia dar nisso – Crônicas
Selma e Sinatra – Romance
Simples assim – Crônicas
Topless – Crônicas
Tudo que eu queria te dizer – Contos
Trem-bala – Crônicas

Martha Medeiros

Tudo que eu queria te dizer

www.lpm.com.br

L&PM POCKET

Coleção **L&PM** POCKET, vol. 1364

Texto de acordo com a nova ortografia.

Primeira edição na Coleção **L&PM** POCKET: outubro de 2023
Esta reimpressão: abril de 2025

Capa: André Serante
Preparação: Mariana Donner da Costa
Revisão: L&PM Editores

CIP-Brasil. Catalogação na publicação
Sindicato Nacional dos Editores de Livros, RJ

M44t

  Medeiros, Martha, 1961-
    Tudo que eu queria te dizer / Martha Medeiros. – 1. ed. – Porto Alegre [RS]: L&PM, 2023.
    192 p. ; 18 cm. (L&PM POCKET, 1364)

  ISBN 978-65-5666-466-8

  1. Contos brasileiros. I. Título. II. Série.

23-86207   CDD: 869.3
                     CDU: 82-34(81)

Gabriela Faray Ferreira Lopes - Bibliotecária - CRB-7/6643

© Martha Medeiros, 2018

Todos os direitos desta edição reservados a L&PM Editores
Rua Comendador Coruja, 314, loja 9 – Floresta – 90.220-180
Porto Alegre – RS – Brasil / Fone: 51.3225.5777

Pedidos & Depto. Comercial: vendas@lpm.com.br
Fale conosco: info@lpm.com.br
www.lpm.com.br

Impresso no Brasil
Outono de 2025

Esta é uma obra de ficção. Os nomes e situações foram criados pela autora, que não se responsabiliza por eventuais coincidências.

Raul,

sei bem do que você vai me chamar. Louca. Não será a primeira vez, mas agora talvez tenha um motivo, basta que leia esta carta até o fim. De louca você me acusará e tem a prova nas mãos.

    Tive um sonho esta noite. Eu caminhava entre uma multidão e, na direção contrária, vinha um homem. Ele trazia uma mochila nas costas. Nossos olhos se cruzaram e eu tive certeza de que era ele. Que seria meu. Que era o amor que eu aguardava. Tinha um rosto familiar. Era o irmão de uma amiga da adolescência. Eu vi o irmão dessa garota apenas uma vez na vida, aos quinze anos. Não entendo, nunca troquei palavra com esse cara, nunca mais o vi depois dos quinze, nem de perto, nem de longe. Não sei se hoje é casado, gay, bispo, em que país vive, e se vive ainda. Lembro apenas do seu nome. João. Eu e João trocamos um olhar penetrante no meu sonho, então ele passou por mim, e eu por ele, cada um no seu caminho. Alguns passos adiante, virei pra trás, olhei, ele estava olhando também, mas nenhum de nós parou. Até que percebi que estava com a mochila dele em minhas mãos, e minha bolsa havia sumido. Não havia explicação. Voltei correndo para procurar minha bolsa, e para procurá-lo. O ambiente parecia uma estação ferroviária. Cruzamos outra vez. Ele estava com a mochila dele. E minha bolsa estava comigo. Sonhos são desse jeito.

Dali em diante, não nos desgrudamos mais. Ele me pegou pela mão, me levou para algum lugar. As mãos dele nas minhas. Como se já fôssemos namorados. Antes de qualquer palavra. Então eu disse a ele – e foi a única coisa dita: se isso tudo acabar agora, vai ter valido a minha vida. E o beijei.

Dormindo, senti aquele beijo como se João estivesse inteiro dentro da minha boca. Foi um beijo cheio. Longo. Delicioso. Um beijo enorme, um beijo doce. Quente. Sexy. Meu corpo reagiu, fiquei excitada, nesse instante houve uma fusão entre sonho e realidade, enquanto o beijava eu pensava: não acorde, não acorde. Mas esse breve instante de consciência me despertou. E eu já não era a mesma.

Raul, foi só um sonho. Mas com uma carga de certeza que me perturba e dói. Eu sou aquela mulher do sonho, atrás de um amor, encontrando um amor, e o perdendo para minha rotina matinal: acordar, tomar banho, levar as crianças ao colégio, trabalhar, almoçar, morrer.

Eu vou atrás dele, Raul. Não vou fazer terapia, não vou me afogar em uísque, não vou descontar minhas frustrações em você, não vou comprar roupa nova, não vou cortar o cabelo, não vou tomar remédio para dormir, não vou esperar as crianças crescerem. Eu vou atrás dele. Desse homem que nunca conheci de fato, mas que existe de outra forma, que existe com outro rosto e outro nome, que existe no meu futuro, se o futuro eu permitir que aconteça. Não quero mais o presente, não quero mais a paralisia, o pra sempre. Alguém espera por mim. Alguém não vê a hora de eu chegar. Eu não vejo essa hora. Daqui, não alcanço esse sonho. Eu me vou.

Não é o momento de falar sobre coisas práticas. Se estivéssemos conversando pessoalmente, além de me agredir, você faria perguntas irritantes: e nossos filhos, nosso dinheiro, nosso apartamento, como explicaremos, como faremos, e nossa reputação, e nossa viagem de final de ano? Esqueça tudo isso. Me enxergue. Eu preciso daquele beijo antes que não seja mais capaz.

Não quero amantes. Não quero a mentira. E nem o sonho quero mais. Eu necessito daquele beijo para seguir acordando todas as manhãs. Senão, vou desejar dormir cedo todos os dias, fugindo para poder extrair do imaginário uma vida que não tenho. Aquele beijo me despertou para o meu vazio. Quero um amor dentro da minha boca.

Raul, antes de chamar um advogado, sente no sofá com esta carta nas mãos e chore por mim, me sinta, faça um esforço para ir além das questões burocráticas de um casamento. Me reconheça ímpar. Impaciente. Só. Muito antes de louca. Muito antes e muito mais. Louca é pouco.

Vou passar o final de semana fora, sozinha. E, quando voltar, as perdas serão calculadas, as malas serão fechadas, as crianças serão preservadas e as vidas seguidas. E eu, então, irei atrás do meu instante.

Renata

Tia Lucia,

a senhora não é minha tia, mas minha mãe me educou para chamar todas as amigas dela e todas as mães dos meus amigos de tia, e nem sei se vocês, mulheres, gostam disso. Minha tia pra valer, irmã do meu pai, eu chamo de Maria Eugênia porque ela me proibiu de chamar de tia Maria Eugênia, disse que envelhecia, sei lá.

Imagino que a senhora não esteja interessada em nada disso. É que não sei como tocar no assunto, e falar pessoalmente não vai dar, não depois de ter visto a senhora naquele estado, no enterro. Tia Lucia, eu quis abraçar a senhora e não consegui, na verdade não consegui nem chegar perto da capela, nem do tio Nestor, nem do Álvaro, de ninguém. Saí de lá achando que nem deveria ter ido.

Eu não imagino sua dor, sei que é imensa, impossível imaginar. Mas posso adivinhar suas perguntas, as dúvidas, as desconfianças. Era eu que tava dirigindo, eu e ele no banco da frente, eu e o Lucas. É natural que a senhora e o tio Nestor achem que eu tenha alguma explicação para o que aconteceu, que eu possa dizer alguma coisa que alivie o desespero de vocês, mas eu não tenho nada pra dizer, foi tudo muito rápido e muito sem sentido.

Se eu ao menos pudesse voltar no tempo. Coisa idiota de se dizer... Todos nós, hoje, gostaríamos de estar na sexta-feira, gostaríamos de ter ido dormir cedo naquele dia. Eu preferia nem ter nascido, sério.

Poderia ter sido qualquer um, o Fabio, o Roger, o Correa, mas fui eu que dei carona pro Lucas, ele me pediu, eu estava saindo da festa meio pê da vida com uma menina, nem vou contar o motivo, não importa, e o Lucas me perguntou se eu iria para os lados dele, eu nem ia, mas disse entra aí. A senhora não vai acreditar, mas eu não tinha bebido muito, dei uns goles numa cerveja que nem era minha, quente, tudo estava quente naquela noite, fico me perguntando por que eu saí, por que não fiquei vendo um filme, por que tinha que ser comigo. O Lucas não tinha bebido muito também. Estava de bobeira, aquele jeito dele, de estar nos lugares sem saber por quê. Meio como todo mundo. A gente veio conversando umas besteiras. Nos fundos da casa, dessa casa onde tava rolando a festa, havia uma goiabeira. Nem sabia que isso ainda existia, a gente mudou de século agora, e uma goiabeira, sei lá. A gente falava disso, ele havia acabado de comer uma goiaba pela primeira vez na vida, muito engraçado o Lucas, mas eu estava tão confuso por causa da menina, nem entendi muito aquele papo de goiaba, até achei que o Lucas havia fumado um, mas não, tia, ele estava de cara, todo mundo confirmou. Não era tão tarde, nem duas ainda. Eu pensando na garota, ele falando aquelas bobagens sobre comer goiaba, o som estava ligado, a gente ria sem motivo, eu sem motivo algum. Mas não estava bêbado nem com sono, foi casualidade mesmo, um bicho, um cachorro, cruzou na frente do farol, eu me assustei, travei, o carro derrapou, e tinha aquela árvore ali, bem ali, do lado dele, bem do lado do carro, bem perto, eu não tive culpa, ninguém teve, a rua estava vazia, tocava uma música, a gente viu o bicho, eu tentei desviar, o carro não voltou tão rápido, ficou na árvore, uma batida que nem era muita coisa, mas dizem que ele estava sem cinto, eu não vi, nem reparei.

Tia Lucia, minha mãe não para de chorar, ela está chorando pela senhora, por mim, pelo Lucas. Eu ainda não chorei porque nem sei direito o que aconteceu, eu fiquei tão tonto, fui tirado do carro por uns camaradas e disse que não havia sido nada, que exagero, não foi nada! E aquela gente juntando, eu com um cortezinho assim, porcaria, nem precisava ambulância, essa gente delira. Juro, nem vi o Lucas, achei que o cara tinha saído caminhando, eu naquela hora pensava no carro, achei que tinha sido o único prejuízo, só depois eu soube, só depois, e aí não entendi mais nada.

Eu ainda não tinha conseguido assimilar até que vi a senhora no cemitério, e juro, a senhora me olhou muito rapidamente, nem sei se durou um segundo, meio segundo, um décimo de segundo, esses *frames* de Fórmula 1, foi rápido mesmo, mas aquele centésimo de olhar me sepultou junto com o Lucas, eu me senti morto, eu não podia estar ali vivo, não pra senhora.

Desde que eu comecei esta carta eu quero dizer que não tive culpa, mas a senhora vai acreditar? Um dia, vai? Porque eu fico imaginando se eu tivesse um filho, nem sei como é, e nem sei se vou ter um dia, mas se eu tivesse e acontecesse algo assim eu acho que iria pirar. Escolheria alguém pra odiar o resto da vida. A mãe diz que a senhora vai superar, mas vocês duas nem se conhecem, como é que ela pode saber? Ela disse também que ódio é pra gente sem religião. Eu não sei dessas coisas.

O Lucas era meu chapa, a gente se dava legal, todo mundo gostava do cara. Vai fazer falta pra turma, mas não sou tão criança, sei que pra senhora e pro tio Nestor e pro Álvaro a coisa é mais sombria. O Álvaro. Eles são tão parecidos. O Lucas e o Álvaro. A senhora tem o Álvaro. Eu não vou me aproximar desse moleque, prometo.

Tia Lucia, não sei se um dia a gente vai voltar a conversar, eu até pensei em ir ao apartamento de vocês mas acho que nunca mais. Eu não tive culpa, tia. Podia ser qualquer outro na direção. Podia um detonado, um maluco ter entregue o Lucas inteirinho em casa, mas foi comigo, que sou um cara que nunca se meteu em encrenca. A vida prepara umas ciladas. Eu preferia nem ter saído de casa aquele dia, e preferia que ele não tivesse pedido carona, e que aquele cachorro não tivesse cruzado a frente do carro, e que eu não estivesse tão distraído, nem nada disso tivesse acontecido. Queria acordar deste pesadelo, queria que hoje fosse um dia como os outros. Tia, foi mal. Me perdoe.

André

Ester,

que lindo nome o seu, Ester, nome de esposa. Havia pensado em lhe enviar um e-mail em vez de uma carta, mas achei que seria muito invasivo e, além disso, arriscado, quem me garante que você, tão ocupada e importante, abre mensagens de estranhos? Mas uma carta é diferente, uma carta manuscrita e com um envelope volumoso é bem diferente, você é mulher como eu, há de ser curiosa. Uau, mal iniciei e já fui irônica e petulante, quem disse que você é uma mulher como eu, e quem disse que esta carta será volumosa, se nem sei direito como continuar?

Ester, nome de esposa e não qualquer esposa, nome de mãe distante, nome de irmã mais velha, nome de madre superiora, caríssima Ester, sabe o meu nome qual é? Posso jurar que você já foi até o final da carta para conferir quem assina. Não se dê o trabalho, sou Andressa, pode rir, garanto que você não tem nenhuma amiga chamada Andressa. Deve ter umas Andreias na sua vida, ou umas Adrianas, com sobrenomes de três sílabas ou quatro, mas eu sou Andressa Sá, Andressassá, que estúpidos meus pais, Andressa Sá, com nenhum orgulho e nenhum prazer. Mas é nome novinho, Andressa é invenção recente, não tem passado, tradição, portanto você pode, com secreta inveja, imaginar minha idade.

Que terrorista estou me saindo. Sabe como ele me chamava? Deia. Como se eu fosse Andreia, uma das suas, e não uma fulaninha que ele conheceu num estacionamento público. Eu trabalhava no prédio onde ele fazia terapia, cruzávamos olhares todas as quintas, às duas da tarde, eu chegando com meu Ford Ka ao meu local de trabalho, e ele chegando para mais uma consulta com o analista onde gastava tempo e dinheiro falando mal de você.

Não fique assim, sua boba. Aquela porqueira de homem, no fundo, te ama, só não se sente à sua altura, e aposto que ele tem motivos pra isso. Você tão bela, tão cheia de festas e vestidos, você tão erudita, e ele, tão somente o pagador de contas e o cara que arruma o computador quando enguiça. Duvido que ele seja mais do que isso pra você. E ele merece ser apenas isso. É um covarde. Não serve pra você nem pra mim.

Mas no início eu bem que gostei dele. Não estava acostumada a ser bem tratada, e ele veio com aquele jeito manso, como quem nada quer, e foi ficando. Deve ter sido por isso que conquistou você também, você devia estar sozinha e pensou: nesse eu dou um jeito. Não foi assim, Ester? E deu um jeito nele. Deu um jeito de ele virar um brinquedinho seu. Eu ao menos tratei seu brinquedinho como homem. Por dois anos e meio. E ele deveria ser grato por isso, e não ficar morrendo de medo da esposinha, a Ester, a super Ester, a idolatrada salve salve Ester. Homem é bicho burro.

Acho até que você sabia. Mais ainda: acho até que você adorava saber que ele tinha uma zinha – não é assim que você me chamaria se soubesse da minha existência, uma "zinha qualquer"? –, acho que você torcia para que fosse isso mesmo, que os atrasos dele fossem por causa de outra mulher. Ester, admita, outra mulher é uma bênção na vida de quem está casada há séculos. Desobriga você de tanta coisa. E você ainda pode se fazer de vítima, só para massacrar o coitado. Toda esposa, toda Ester, sonha que o marido arranje logo uma amante, alguém que o distraia para que ela possa ficar com tempo livre para si mesma e suas fantasias.

Mas o abobado do seu marido deu pra achar que nosso caso estava ficando sério demais, só porque pedi umas idas ao cinema e essas bobagens de dar as mãos no escuro, coisas de adolescente, que somos todos, até o fim dos dias. Ele achava que estávamos, nós, também, criando uma rotina. Tudo desculpa esfarrapada, estava apenas cansado de sustentar a farsa. Não é fácil para ninguém. Você já teve um amante, Esterzinha? Ah, posso apostar que sim. Mas deve ser esperta e não deixar que a aventura vire um encontro marcado todas as quartas. Era todas as quartas, eu e ele. Ele. O nosso dom-juan de meia-tigela.

Sei que estou parecendo vingativa ao escrever esta carta, mas prefiro que você me considere apenas uma boa amiga, uma boa cristã, avisando a imaculada Ester sobre a mesquinhez do seu maridinho. Um cara que se enrabicha por uma esteticista que tem um Ka não totalmente pago, e que ainda por cima se chama Andressa, você deve estar passada com essa baixaria, não está? Mas não desmereça meus valores. Caso ele não confirme, saiba: eu sou muito boa.

Ester, você nem é loira, mas tem nome de loira, e nem é tão nobre assim, ele me contou, mas você tem pose, tem postura, enxerguei você de longe, e vi duas fotos. Não senti recalque nenhum, não senti nada, vi apenas que éramos diferentes, ele seria medíocre demais se procurasse você em mim, a imaculada em mim. Ele queria outra coisa. Teve. Curtiu. E voltou pra você sem nunca tê-la deixado. É um homem simplório.

Esta carta é apenas para ajudá-la a entender melhor seu super-homem, seu micro-homem, seu amiguinho. É um merdinha. Não foi o que você sempre procurou num parceiro? Alguém que lhe dissesse sempre amém?

Não se preocupe comigo, não irei além destas palavras. Fique com o que é seu, com o que restou dele e de mim, esse vazio que não me serve, mas que talvez sirva para ocupar seus dias.

Cordialmente,
Andressa Sá

Meu amado e saudoso,

faz tanto tempo desde a sua partida e ainda sinto sua presença a meu lado, veja só, você me transformou numa viúva que dá trela a fantasmas. Ainda converso com você quando estou na cozinha lavando meu único prato, meu único copo e meu par de talheres, quase posso enxergá-lo sentado aqui nesta mesa de fórmica fumando seu último cigarro e divertindo-se com minhas tagarelices antes de se deitar. Mas hoje já não tenho tanta vontade de conversar, não consigo acompanhar o ritmo da Valéria nas poucas vezes em que ela aparece para uma visita. Ela fica me corrigindo toda hora, não tem a menor paciência comigo. Está uma quarentona muito bonita. Mas dura.

 Sorte sua não ter envelhecido, é a única vantagem de a morte ter lhe buscado aos 58. Você não precisou passar pelo constrangimento de virar um idoso nesta terra de apressados. Ninguém me olha, e quando me olham não enxergam minha precariedade. Exigem de mim rapidez na fala, no caminhar, no raciocínio, como se eu fosse lenta por implicância, como se eu tivesse prazer em hesitar. Valéria fica irritada por eu não ser mais a mulher ágil que fui antigamente. Não sei se ela percebe o quanto me cobra. Esta menina não se convence de que, se tanto me repito e gaguejo, não é pelo prazer de torturá-la. Querido, me sinto envergonhada por estar tão enferma sem estar doente. O nome disso é decadência. Não controlo mais as minhas vacilações. Sou um corpo a serviço da humilhação.

Você não precisou passar por esta injustiça divina. Vou contar como é. Tenho o dia inteiro para escrever e você uma eternidade para me escutar.

Esquecida eu sempre fui, não é de agora. Moça ainda, trocava o nome das pessoas e o nome das coisas, lembra como você ria de mim? Ficou sendo o meu charme. Mas hoje me assusto. As palavras não me chegam. Em certos momentos estou com elas prontinhas na boca, mas desaparecem no instante em que vou falar. Somem sem dar-me a chance de um adeus. E, junto com elas, some todo o meu pensamento, toda a razão da conversa. Fico como uma pateta no meio do caminho, sem concluir o que havia iniciado. Disfarço, mas não gostaria de disfarçar, queria que todos prestassem bem atenção em como isso acontece e entendessem que não é de propósito que eu não completo minhas frases, não é de propósito que ando devagar, não é de propósito que meu cheiro não é agradável. Não estou querendo punir ninguém com a minha velhice.

Quando eu era bem menina, brincava com minha irmã de esconder pequenas coisas em uma das mãos. Cruzava os dois braços atrás das costas e pedia para ela escolher: adivinha em que mão está a tampinha, adivinha em que mão está a moeda. Ela escolhia um dos braços, eu trocava o objeto de mão caso ela tivesse acertado e só então mostrava a minha palma aberta e vazia: errou.

Sinto como se Deus tivesse feito a mesma brincadeira comigo. Cruzou seus dois braços por trás e pediu que eu escolhesse. Só que não havia tampinha, não havia moeda. A escolha que Ele me deu foi entre a morte e a velhice. Melhor envelhecer, evidente. Minha opção é por viver até quando der. Mas eu desejava um terceiro braço, uma alternativa menos incômoda: a lucidez intacta. Sem nenhuma armadilha. Sem os lapsos. Sem o afinamento da minha pele – estou ficando transparente! E sem os joelhos fracos. Você não sabe a importância de um corrimão. Não faz ideia.

Valéria reclama das minhas roupas, me acusa de ter perdido a vaidade. É engraçada esta menina. Não se dá conta de que não há mais lojas que atendam às minhas necessidades, não percebe o tamanho dos meus ombros, dos meus quadris. E a danada foge do meu abraço, me beija rápido com receio de que eu a retenha junto à minha face, e eu a reteria mesmo se isso não lhe provocasse tanto asco. Ela se justifica dizendo que exagero no perfume.

Não lembro se eu era tão rigorosa com minha mãe. Morreu depois de você, ao redor dos noventa, e não me atrapalhou a vida nem me afrontou com seu definhamento, até onde recordo. Se bem que, depois que as mães se vão, como não absolvê-las? Valéria retruca, diz que eu era igualzinha, sem tirar nem pôr: impaciente ao falar com mamãe ao telefone e queixosa de suas manias, principalmente da sua avareza. Mas creio que fui atenciosa com ela, tratava-a com cuidado e calma, entendia suas limitações. Tenho quase certeza que sim.

Ganhei um colar lindo no meu último aniversário. Gerusa me deu – está viva ainda! Outro dia vi no obituário do jornal o nome de uma Gerusa e pensei: lá se foi mais uma de nós. Afinal, não são tantas as Gerusas na cidade. Mas não era ela. Obituário é vício, minha diversão mórbida e secreta. Antes eu me chateava ao ver os nomes das minhas ex-colegas nas participações de falecimento, ou os de seus amigos, mas agora penso "antes ele do que eu". E quando é alguém que merece que eu dê uma passadinha no velório, quase agradeço essa morte que me tira um pouco de casa e me distrai. Quase nunca saio. Não sei onde usar o colar que Gerusa comprou para mim. Quando o mostrei para Valéria, pude perceber em suas feições que ela considerava um desperdício um colar tão moderno e vistoso repousar numa gaveta, ou, alternativa pior, no colo amarfanhado de uma velha. "Vai ser seu", eu disse a ela, sorrindo. Ela respondeu "eu sei", sorrindo mais ainda, e fiquei impressionada ao ver como podemos ser civilizadas e brincalhonas diante do terror.

Você nunca ficou doente. Nunca mesmo, que eu me lembre. Eu também não estou com nenhuma doença séria, os médicos me fazem agrados, pedem exames e depois de avaliarem o resultado me chamam de garota, fingem que sou imortal, mas tudo me dói, cada dia surge uma pontada em um lugar diferente do corpo, e estas são as que me inquietam, as dores móveis. As fixas, que latejam sempre no mesmo lugar, são como se fossem da família. Sentiria falta delas caso me deixassem.

Que bom que você escapou. Nunca saberá como é duro despedir-se de si mesma todas as noites, antes de dormir, temendo falecer sozinha durante o sono. Mas não virei uma anciã trágica, no fundo sei que vou acordar amanhã, nem que seja para escrever longas cartas pra você, que me acompanha mais com sua ausência serena do que aqueles que me escutam mais ou menos, sempre de olho no relógio.

Até breve,
Clô

Não vou conseguir te olhar na cara, sua cadela. Prefiro escrever, porque assim evito de te matar. Eu é que não vou pra cadeia por tua causa, a criminosa aqui é tu. Tu, que matou dois: o bebê e eu. Abortou nós dois. Não sei de onde tu tirou coragem pra fazer isso comigo. Aquele filho era a coisa que eu mais queria, te disse quantas vezes? Eu te amava, sua ignorante. Eu iria fazer de nós três a família mais bonita deste bairro, deste universo. Eu não tinha outro sonho na vida, sei que ia ser um moleque, nosso moleque, e tu me faz essa estupidez sem nem ao menos avisar. Não tivesse eu encontrado a tua amiguinha no mercado, tu ia continuar dizendo que tinha perdido por azar, e o trouxa aqui ia continuar te cobrindo de carinho, achando que tu tava sofrendo mais do que eu, afinal, é mulher, e mulher é mais chorosa. Mas tu é uma mulherzinha de araque, não vai ser mãe nunca, teu útero vai apodrecer aí nesse teu corpo, tu vai ficar vazia pra sempre, oca, seca, pra aprender a não fazer mais sacanagem. Nunca mais quero te saber. Abre o armário e olha, tirei tudo o que é meu, fica com a casa e com o aluguel dela também, te vira sozinha daqui pra frente. Quem fez o que tu fez, sem pedir opinião, pode muito bem viver sem ninguém. Tu nunca mais vai ouvir falar de mim. Eu não sei se vou conseguir deixar de gostar de ti, nem sei se um dia vou querer ter um filho com outra mulher, eu queria muito que tivesse sido contigo, tu dizia que queria também, a gente tentou pra burro, quase dois anos sonhando, e quando acontece, tu me apronta essa, tira sem dizer nada, o que é que te deu? Não vou ficar pra escutar tuas desculpas, dizer que não tava preparada, vá se catar. Uma mulher feita, mais de trinta anos, vai tá preparada quando? Ninguém nunca tá preparado pra nada, mas eu tava aberto pra tudo, pros problemas e as alegrias que iam começar, menos pra ser apunhalado pelas costas como tu fez, sua ordinária. O que eu chorei naquela noite, quando tu me disse que o bebê não tinha vingado, bem no dia que eu tava no interior, tu escolheu o dia certinho, eu pra fora da cidade, e te encontro tarde na cama, quase madrugada, tu toda mole e com voz de quem tava doída, e era armação, tu foi lá e tirou, nem me perguntou antes, como se tivesse feito a criança sozinha. Não pensou em mim, não teve a decência. O que eu chorei, nem tem como dizer. Mas por ti não escorro mais uma lágrima, por ti não dedico mais um pensamento, vou pra bem distante e te extrair como tu fez com o bebê e comigo. E se eu souber que tu teve filho com outro, reza. Eu aguento quase todo balaço que me vem, mas traição de mulher que a gente gosta é desaforo além da conta, tu me deve essa e puxa tuas ave-marias pra eu não te pegar. Traíra, sem-vergonha, meu amor.

Ana,

como está sua vida aí em Veneza? É tão estranho conhecer alguém que mora em Veneza, que almoça e trabalha em Veneza, que tem um endereço, uma empregada, um horário certo para despertar. Justo numa cidade tão peculiar, tão turística, esse cartão-postal universal. Sempre considerei Veneza um lugar para se passar uns poucos dias, não a vida inteira, por mais encantadora que seja. Estou com saudades. Da cidade e de você, minha amiga.

    Você continua linda? Aposto que cada dia mais. Estou vendo seu sorriso neste instante, agora enxergo com a memória, meus olhos estão me deixando. O olho esquerdo só me permite vislumbrar borroes escuros e indecifráveis, já não me tem utilidade. O direito ainda é generoso, me concede algumas cores e formas, mas tudo meio sem foco, ando me despedindo lentamente das imagens. Sem autocomiseração, mas com alguma lástima por ter acontecido tão prematuramente. Minhas três netas ainda são meninas, mudarão de rosto. Vou ter que reconhecê-las em breve pela voz, pela altura, pela circunferência da cintura. Adoraria ver a feição que a maturidade um dia vai lhes dar.

Não sinto desespero, ou, sei lá, talvez esteja tão desesperada que ultrapassei o drama, estou como que em hipnose, sem reação, só me concentro em chamar o passado, em guardar visualmente algumas passagens da infância, as expressões dos amigos, o ambiente da minha casa, e tudo que me encanta, flores, castiçais, a aparência que tiveram meus poucos namorados, o vestido com que casei, e algumas cidades, o tom da água dos rios, os prédios, esquinas, o aspecto dos meus alimentos preferidos, os quadros que me emocionaram na vida. Ana, minha cabeça virou um álbum de fotografias que vou montando diariamente, uma espécie de colagem de minhas cenas inesquecíveis. Elas precisam mesmo ser inesquecíveis, caso contrário me restará apenas o breu.

Além disso, procuro preservar a nitidez dos meus longos dedos, dos meus feiosos joelhos, reter na lembrança o formato do meu queixo, a gente presta tão pouca atenção nesses detalhes. Tenho me apegado aos pedaços do meu corpo, preciso deles para formar um mosaico do que sou. Já estou me abandonando em frente ao espelho, sou quase um vulto, e isso me libera da vaidade, mas por outro lado me inquieta, já que daqui a alguns meses vou me conhecer apenas pelo tato. Com o tempo descobrirei minhas peles flácidas, mãos com veias mais salientes, terei que me imaginar, e espero que não seja demasia do assustador. Vou envelhecer no escuro.

A questão do movimento me incomoda menos, por enquanto. Estou neste apartamento há duas décadas, não preciso de olhos, me bastam as pernas, ainda sou ágil. Fora de casa é outra história. Já estou impossibilitada de dirigir, e sinto falta da minha independência, tenho sempre que ter algum guia amoroso a me conduzir pra lá e pra cá. A boa notícia: estar de lá pra cá não me seduz mais. Aos poucos fui trocando cinemas e shoppings por consultórios médicos e pela igreja. Ah, eu sabia que iria surpreender você. Desde os dez anos de idade que eu não rezava. Mas dei por encerrada aquela minha autossuficiência espiritual, reconheci minha fragilidade e me apeguei a Deus novamente, e tenho um pouco de vergonha de ter esperado um momento crítico, mas já me acertei com Ele, que me perdoou. O cara é gentil.

No mais, nunca fui mesmo de viver o dia inteiro na rua. De certo modo, passar os dias quieta no meu canto não haverá de ser uma tortura. Sei que há um sem-número de recursos que ajudam deficientes visuais a levarem uma vida normal, mas vida normal é tudo o que tive até agora, chega, e, além disso, não possuo a grandeza dos que se superam, vou me resignar à minha nova condição. Quero apenas sentar, deitar e pensar. E receber umas visitas, claro. Não está na hora de rever sua terra, moça?

Estou me antecipando, ainda me resta uma luz, consigo até escrever uma carta, você tem a prova em mãos. Não garanto a boa caligrafia, mas sei que está tudo retinho, linha após linha, não cometeria a deselegância de lhe mandar uns garranchos tortos. Mas, revisar, não há como. As nuances ainda me possibilitam escrever, mas me impedem totalmente de ler, e se há uma coisa que já está me fazendo uma falta tremenda são os meus livros. Minha filha outro dia leu uma crônica para mim, uma crônica de jornal, foi bom escutá-la. Mas um romance inteirinho sendo lido em voz alta por outra pessoa, duvido que me acostume. A intimidade de um leitor com seu livro só o silêncio abençoa.

Estou com minha aposentadoria por invalidez encaminhada, agora tudo o que tenho pela frente é tempo. Uma eternidade de dias para lembrar. Não vou negar que adoraria que houvesse um colírio milagroso que me devolvesse a amplitude dos gestos – meus passos já estão curtos, tenho medo de cair, e também não mexo muito os braços com receio de derrubar alguma coisa, ou mesmo de me machucar. A amplitude agora é interna, meus olhos estão fechando para fora e abrindo para dentro, e hei de descobrir algo que me interesse e me motive nesta viagem sombria, sem gôndolas, sem tons pastéis, sem pontes nem edificações históricas, dizem que Veneza um dia vai desaparecer, você acredita nisso? Eu não estou desaparecendo, ainda que pareça.

Me escreva, alguém lerá suas palavras bem-
-vindas pra mim.

Com carinho e muita sutileza
(porque vontade mesmo eu tenho é de gritar),
Gise

Olá, coisa ruim, coisa péssima, o assunto é contigo – e comigo. Não dizem que a gente deve exorcizar nossos demônios? Não sei como se faz isso, então resolvi escrever, que é sempre um método. Você aí – na verdade, aqui: escondido em mim, calado, canastrão. No fundo você se diverte, adora me ver atrapalhada. "Hoje ela se entrega, hoje ela cai." Não caí. Você vai me tentar até o final, mas não entro no seu esquema, não vou ceder.

Por que você não se instala em outro corpo, em outra mente, que tal vazar, me esvaziar, se escafeder? Eu já acreditei, um dia, que você era um inquilino necessário, o tal do contraponto, um equilíbrio, algo que todo mundo traz dentro, alimenta e blá-blá-blá. Mas estou cansada. Esgotada mesmo. Não consigo mais negociar com você. Esta é uma carta de demissão. Tô te demitindo, te expulsando, porque você é que tem que sair, eu não posso sair de mim mesma.

Foi por pouco, ontem. Tem sido por pouco todos os dias. Semana passada, quando eu peguei a estrada e fui dirigindo até aquela cidadezinha para dar uma palestra na universidade, pensei que não iria conseguir voltar. Me veio a ideia bem clara: daqui eu sigo em frente, não retorno mais, o dinheiro que tenho me basta pra pagar umas poucas diárias e a gasolina, depois arranjo um emprego em qualquer buraco e começo outra vida, que nem nos filmes. Pinto o cabelo, troco de nome, ninguém me acha. Claro que eles iriam me procurar, porque eu posso não ser a melhor mãe do mundo mas eles não têm outra.

E com o pivete aquele, a mesma coisa. Eu podia ter subido na carona daquela moto, eu bem que quis. Um guri bonitinho, sem camisa, de corpo bom, me secando na fila do banco como se eu fosse uma biscate, me esperando na saída, quer que eu te leve pra algum lugar? Eu queria, viu. Eu queria ir com ele feito uma pizza, naquela moto enferrujada, com aquele guri sem camisa. O que de mau poderia me acontecer? Levar umas bofetadas na cara, ser comida por três no meio do mato, o cara me roubar o relógio. Mas poderia ter sido também uma tarde doce. A gente nunca sabe o que perdeu. Voltei pra casa com a integridade de sempre e, pra variar, nenhuma surpresa me aguardava.

Ontem eu pensei que iria surtar. Tudo começou com aquela voz metálica da vizinha falando com o zelador através da janela do terceiro andar. Amanhê tenho que passar roupa. Amanhê. E continuava: eu sempre passo na terça-feira, às vez na quarta. Às vez.

E não era só o fato de ela falar desse jeito medonho, era também o fato de ela passar roupa toda terça-feira, como se fosse uma missa, tem que ser aquele dia, naquela hora, em nenhuma outra: uma mulher programada para passar roupa na terça. Claro que não tenho nada a ver com isso, mas foi me dando uma irritação, fui pensando na minha vida e me lembrei que vou ao supermercado toda segunda, e faço a unha toda terça, e toda quarta-feira minha sogra almoça conosco, e me deu uma raiva desses compromissos que a gente inventa para se sentir com os pés no chão e para evitar sair por aí fazendo besteira, então eu pensei: vou fazer besteira, vou fazer. Tive vontade de quebrar a casa toda. Derrubar os enfeites da cristaleira, quebrar tudo que fosse de vidro, jogar cadeiras pela janela, só pelo prazer do estrondo, mas antes que eu iniciasse minha carreira de vândala comecei a chorar, e foi um choro tão sentido que você até riu de mim, pensou "hoje ela se entrega, hoje ela cai", mas eu não caí, e meia hora depois estava dobrando as roupas das crianças que estavam todas esparramadas pelo chão.

    Você é forte, demônio. Eu também sou. Mas rogo por trégua, jogo a toalha, te peço de joelhos: tome um chá de sumiço, vá dar uma volta, aportar em outra alma, que esta minha já está gasta e não vê graça alguma nas suas provocações. Quero que você me deixe, porque simpatizo cada vez mais com você.

Leila

Oi, Leilinha,

que imagem feia você tem de mim, minha flor. Todos possuem seu próprio demônio, eu sou o seu. Aliás, eu sou você. Não poderia fazer parte da sua vida como um intruso, você me acolheu ao nascer, somos feitos da mesma matéria. Vai querer me expulsar no bem--bom, justo agora que você é uma mulher adulta? Pense bem, sua vida ficaria um tédio sem mim. Eu sou o que te faz levantar da cama todos os dias, boba. E o que te faria deitar em tantas outras, se você não fosse tão resistente aos meus apelos.

    Que vulnerável você está, meu bem. Sofrendo por bobagem. Como se eu fosse seu inimigo. Eu sou a única coisa viva que você tem. Não fosse eu, você seria uma boazinha, uma fofa – pode coisa pior?

    Algumas pessoas até conseguem me abafar, mas usam métodos mais eficientes do que este seu de pedir – pedir, santa ingenuidade! – para eu ir embora.

Você não reza, pra começar. Se quisesse mesmo que eu desaparecesse, você rezaria, mas não reza, graças a Deus. Não suporto essa gente que junta as mãos, fecha os olhos, abaixa a cabeça e fica falando baixinho, miudinho, num cochicho irritante. Elas se matariam em troca de um pecado, quem lhes dera um erro em suas vidas. Inventam que tudo é coisa do demo – coisa minha – para terem do que se orgulhar aos domingos. "Pequei, padre!" Devem achar isso excitante. Que pobreza.

Dessas eu me afasto mesmo, não suporto falsidade. Mas você não reza, princesa, então tem salvação. Você apenas pede, numa cartinha singela, que eu a deixe em paz. Só faltou escrever "vade retro". Mas não escreveu, não cometeu esse deslize abominável. Você me quer, amada. Você me deseja ardentemente. Você adoraria que eu tomasse conta de você. Pelo menos foi isso que eu entendi naquela sua última frase. Simpatiza comigo? Ora, você me ama. O que demonstra que tem um Q.I. razoável. Vamos namorar?

Agora que você está mais mansinha, vamos deixar de viadagem e ir ao que interessa. Ao que *te* interessa. Se quiser que eu tome posse, eu tomo. Te ajudo a quebrar os enfeites da casa, a pegar estradas e não voltar, a se deixar seduzir por trombadinhas. Qualquer problema, você joga a culpa em mim, eu seguro a onda.

Mas há maneiras de fazer isso sem tanto estardalhaço. E sem tanto medo. Vem cá, bonitinha, se aproxime.

Há quanto tempo você não se sente mulher? Mulher e demônio são uma coisa só, você sabe. Deixa eu ver este rostinho. Nossa, quanta melancolia neste olhar. Você está perdendo as forças de tanto resistir a mim. E eu nem sou tão malvado assim, garota. Meu papel é apenas o de estimular sua liberdade, porque não é possível alguém ser escravo do bom comportamento o tempo todo. Pense bem: você tem a mania irritante de atender a todos os telefonemas, todos. Não atenda. Deixe tocar de vez em quando, não interrompa o que estiver fazendo, mesmo que esteja deitada no sofá olhando pro teto. Não dê atenção ao chato que está chamando. E se você esqueceu do aniversário da sua irmã, esqueceu, ora. Sem drama. Não caia no papo chantagista dela, todo mundo tem o direito de esquecer algumas datas, mande ela pentear macaco. E quando não estiver com vontade de dizer a verdade, minta. Quer trocar uma tarde de trabalho por um banho de piscina, o que te impede? E se quer ter sexo com alguém diferente, a mesma pergunta: o que te impede? Sou seu avalista, meu bem.

E pode exagerar na conta. Tenho certeza de que suas fantasias são mais radicais do que estas bobagens que eu propus. Você é muito mais imaginativa do que eu, todas vocês são. Quer sumir por uns dias? É só deixar um bilhete, sumirei por uns dias, tem carne congelada na geladeira. Isso da carne congelada vai amenizar o golpe. Tudo o que uma família precisa é ser alimentada. Nem vão dar pelo seu desaparecimento. Puf. Mamãe evaporou.

Enxugue essas lágrimas inúteis, levante este queixo e vá tratar da vida. Faça tudo o que deseja fazer. Você acha que depois de morta vai ganhar um bônus? Uma prorrogação para tentar sair desse empate? Esqueça o empate. Vença. Perca. Ofereça a si mesma algum resultado.

É você mesma que assina. E eu.

Mãezinha,

como é que você nunca me avisou que era tão difícil ser mãe? São quatro e quinze da tarde, dia do aniversário da Luana, e neste instante ela está na sacada, esperando as amiguinhas chegarem pra festa. Eu queria ficar ali com ela, mas ela me impediu, quer ficar sozinha, criança também tem orgulho. Convidamos as meninas para as quatro horas. Expliquei pra Luana que atrasos são normais, ela disse "eu sei, mãe", mas no fundo está ansiosa para que cheguem logo. Sei como ela se sente, sempre tive esse mesmo medo, de que ninguém viesse ao meu aniversário, lembra?

Acho que foi quando eu fiz oito. Não apareceu ninguém e eu confirmei que não era mesmo gostada. Mentira, apareceu uma menina, não lembro mais o nome dela. Lisiane? Josiane? Ela nem era das colegas com quem eu me dava mais. A mãe dela deve tê-la obrigado a ir. Eu sempre achei que tudo de bom que me acontecia era porque havia a ordem de algum adulto por trás, nada era espontâneo e por afeto. Depois daquela festinha e até hoje, sempre acho que ninguém vai aparecer espontaneamente na minha vida. Eu adoraria que ao menos uma menininha viesse hoje. Nem está chovendo, mãe, a Luana não merece essa desilusão. Que criança mereceria?

Dei uma parada na carta, fui lá falar com a Luana, mas ela me mandou entrar, quer ficar sozinha na sacada, e a cada carro que cruza na rua e não para na frente do prédio o coraçãozinho dela fica menor, e o meu também. Normalmente eu não atenderia o pedido desta pirralhinha e ficaria ao lado dela, mas entendo que quando a gente está sofrendo a melhor coisa é ficar só. São quatro e vinte e cinco e ainda não chegou ninguém. E não tenho a desculpa da chuva, quando chove a gente perdoa. Está um dia lindo. Não chovia também, não é, mãe, nos meus oito anos, quando só veio uma amiga das vinte que foram convidadas? Não sei se eram vinte, mas era por aí.

Mãe, tô escrevendo em cima da mesa preparada com o bolo e os docinhos. A Luana apareceu agora e disse para eu sair daqui para que as convidadas não me vejam escrevendo junto das balas. Sua neta ainda tem esperança e isso me mata. Eu também acho que virão duas ou três, mas todas, sem chance.

Que infância insegura eu tive. Eu me olhava no espelho e me achava tão feia, e você concordava, que perversa você era. Eu não sabia o que vestir, eu não sabia como conversar com os outros, acho que só o que eu sabia era estudar. Só notas boas, você lembra? Só notas boas. Vivia para satisfazer você, e como sofria, pois eu não satisfazia nada, não é, mãe? O pai nem me olhava, nem reparava na minha existência, e você bem que se esforçava, mas eu não era a menininha dos seus sonhos. Eu queria ser aquelas meninas dos livros que você lia para mim. Você lia. Isso era bom.

Quinze para as cinco, o que eu faço, mãe? Como consolarei a Luana? Uma garotinha tão especial... Por que será que suas colegas não vieram? Deve estar havendo outra festa de aniversário neste mesmo sábado, e Luana não foi chamada, só pode ser isso. Como é que você me consolava quando eu estava triste? Só recordo de você dizendo: "Viu, quem mandou ser bicho do mato? Quem mandou ser caladona? Quem mandou vestir estes trapos?". Mãe, você me dava a impressão de que só as obedientes tinham o direito de ser felizes. Quem tivesse opinião própria estaria condenada à marginalidade. Por muito tempo eu acreditei que não haveria jeito pra mim. Foi com sua colaboraçao que eu custei tanto a me gostar. Você não fazia por mal, mas fez.

Acabo de falar com a Luana. Só descrevendo a carinha dela pra entender minha dor. Ela acha que pode ser que tenha o aniversário de outra garota sim, uma com quem ela não se dá muito, e que nasceu no mesmo mês que ela – mas é duro igual pra minha querida saber que as outras meninas preferiram ir na outra festa. O lado bonito da Luana é que ela não me culpou em nenhum momento, não disse que comprei poucos doces ou poucos balões, ou que fui pão-dura ao não alugar um salão de festas. Ela não me acusa. Eu também nunca a acuso de nada. Sempre foi assim entre nós.

Mãe, ainda agora chegou uma colega, uma miudinha bem-educada, Rafaela, sempre simpatizei com esta menina. Ela ficou insegura ao entrar no apartamento porque percebeu que não havia nenhuma outra convidada, mas a mãe dela, gentil, disse para a menina ficar, que logo estariam todas reunidas. Rafaela entrou em nossa casa sem muita felicidade no rosto, e Luana a recebeu com um carinho agradecido. Virou sua melhor amiga a partir deste momento. Viva a Rafaela, viva a Lisiane ou Josiane que também não me deixou sozinha na minha festa de oito anos, mas não adianta nada, não é, mãe? Lá no fundo a gente sempre sabe que quando falta quórum, alguma coisa está errada, mesmo que não esteja.

O que há de errado em não fazer tudo igual às outras pessoas? Eu escutei você dizendo pra Luana, uma vez, que ela deveria se vestir como todo mundo. Exatamente o contrário do que penso, acho uma gracinha ver Luana inventando moda, misturando estampas, colocando enfeites engraçados no cabelo, ela é criativa, é alegre, gosta de se diferenciar, o que pode haver de nocivo nisso? As outras meninas vestidas como adultas você acha normal, não acha? Mãe, às vezes você me irrita.

Eu não vou deixar você tentar enquadrar minha filha como fez comigo. Eu não vou deixar ela se transformar numa mulher insegura, que ficará eternamente grata quando alguém lhe fizer um elogio, só porque não os recebeu quando deveria. Você sabe por que casei com o Sergio? Porque ele me achava perfeita, apesar de todos os meus defeitos. E porque ele foi o primeiro, mãe, a não tentar me consertar, me corrigir, e então me dei conta de que eu não tinha ideia do que era ser aceita. E amada. Nunca me senti amada por vocês. "Oh, que insanidade", você deve estar pensando. Tanto você fez por mim, tantos presentinhos, tanto carinho, tanta atenção... Pois eu não lembro de nada disso. Não lembro de você me abraçando, não lembro de você ficar orgulhosa de mim por nada. Não havia um único dia em que você não me criticasse por alguma razão, por mais idiota que essa razão fosse. Você é a mulher mais egoísta que eu já conheci.

São cinco e meia, Luana e Rafaela estão brincando no quarto, e eu estou chorando agora, de pena da minha filha, mas principalmente de raiva por a gente ter que mendigar carinho para se sentir uma boa pessoa. Se ninguém nos telefona, se ninguém vem à nossa casa, se ninguém aceita nosso jeito, parece que a gente não existe, parece que as coisas deram errado, e não deram. Sou uma pessoa bacana, forte, generosa, não deveria precisar que ninguém me aplaudisse, mas a gente precisa dos outros, precisa que eles demonstrem que nos admiram, mesmo que estejam fingindo. Luana é uma menina gordinha, e daí? Não pode ter amigos? É pecado ser gorda? Você me culpa por eu não obrigá-la a fazer dieta, você deve estar até feliz por não ter aparecido ninguém, "viu? eu não disse? essa menina vai ter dificuldade em se socializar". Taí, a vida está lhe dando razão, a sabe-tudo está comprovando sua sabedoria, é preciso seguir as regras ou estaremos banidas, mas eu não segui todas as suas regras e estou ótima.

Não tenho coragem de chamar as duas crianças para virem cantar os parabéns. Eu não vou conseguir olhar para a Luana, somos só nós três e mais a Aurora, que espera a ordem para esquentar as salsichas. Luana quis convidar apenas as colegas, nenhum dos primos (ela os considera muito adultos, e são mesmo), o que eu faço, mãe? Acendo a velinha mesmo assim? Eu não vou conseguir cantar sozinha. Se ao menos o pai dela estivesse aqui, se ao menos você estivesse aqui, eu não vou aguentar ver a cara de decepção dela. A mesa posta, os pratinhos, os doces, que desperdício, que desilusão.

Ela adorou seu presente, mas você poderia ligar para ela este ano. Assim que você receber esta carta, ligue. Mesmo com três ou quatro dias de atraso, ligue desta vez. Ligue a cobrar. Não sai tão caro.

Vou chamar as meninas.

Taís

Celso,

recebi seu e-mail, obrigado. Não vou te responder pelo computador porque sei que você é ocupado e não vai dar a devida atenção a mais uma mensagem entre tantas que recebe. Prefiro te escrever assim, com calma, para ser lido também com calma, quando você puder. Eu queria que você soubesse apenas que está enganado quando diz que sou dramático. Troque dramático por sensível, está bem? Bicha, se quiser. Eu me ofendi com o que saiu no jornal e tenho o direito de me sentir magoado.

E não foi apenas pela ofensa, mas pela sensação de que aquele petulante tinha alguma razão. Sei que não é minha melhor exposição, mas é um trabalho honesto, que me exigiu dois anos de suor, pesquisa e dedicação quase exclusiva. O cara não podia ter destruído tudo em quatro parágrafos diabólicos. Ele tem o público na mão, os leitores veneram cada palavra escrita por aquele traste. Ter sido ridicularizado por ele vai ser o meu fim. Soou dramático, eu sei. Ponto pra você.

Não posso desmontar as instalações, tenho um compromisso com a galeria, mas regale-se, porque é a última vez que Antonio Pádua organiza uma mostra da sua obra – uma obra inspirada em banheiros públicos de rodoviária, não foi isso que ele escreveu? Muito elegante, o rapaz.

Celso, o fato de você ser meu marchand não impede que seja meu amigo também, portanto não tente amenizar a situação e me tratar como se eu fosse uma desvairada atingida no próprio ego. Meu ego foi atingido, sim, mas não há desvario, e sim sofrimento. Você não está na berlinda, não recebe críticas, não tem ideia de como isso pode ser desmoralizante. Saber que todos os seus conhecidos, todos os seus inimigos, todos os seus ex-namorados, toda a sua família e mais milhares de pessoas que você nunca viu na vida estão testemunhando você ser chamado de farsante no jornal. Foi do que ele me chamou. Farsante. Me doeu mais do que "insistindo na incompetência", porque incompetente eu até posso ser, não é culpa minha, cada um usa o talento que tem. O que os críticos pensam? Que a gente poderia ser um Hélio Oiticica mas não desempenha da mesma forma por preguiça? Eles realmente acreditam que a gente é bom ou ruim de propósito? Eu faço o que sei fazer, não saberia criar nem melhor nem pior, é o meu estilo, a minha capacidade que está sendo exposta, e pode me faltar competência, sim, mas lealdade ao meu conhecimento, nunca. Me chamar de farsante? Um farsante é um mau-caráter, o homenzinho pegou pesado. Me humilhou. E eu não sei me defender de outro jeito que não seja desistindo.

Estou cansado de levar patada. Não venha me dizer que críticas demolidoras fazem parte do jogo. Não me interessa. Quero afago. Quero respeito. Eu sou um artista. Não posso achar natural que um jornalistazinho formado em comunicação abuse do poder que tem e arrase a trajetória de um sujeito como eu, que não faz arte por distração, que nunca tolerou gratuidade, que viajou por este mundo todo atrás de inspiração e informação, que vive de artes plásticas num país onde os intelectuais mal conseguem diferenciar um Miró de um Kandinsky. Eu já fiz coisas importantes, já participei de bienais, tenho três instalações permanentes em museus da Europa, tenho 61 anos, porra. Este fedelho, se não gosta do que eu faço, devia ao menos respeitar meu currículo.

Desabafar me fará mudar de ideia? Não fará. Vou deixar de dar munição para essas ratazanas, esses semidcuses de segundo caderno, esses comedores de sushi que confundem grosseria com humor. O que esse merdinha vai fazer com a crítica que escreveu? Emoldurar e colocar na parede do corredor? Publicar em livro? As palavras dele vão pro lixo. E ele faz questão de me arrastar junto para esta nojeira que ele tanto preza.

Vou seguir lecionando, que é o que sempre me sustentou. E estudando. E se vier a criar novas obras – pra ser sincero, já tenho duas ideias em teste – vou deixá-las em casa, ao alcance dos olhos dos amigos apenas. Se alguém gostar, que passe a novidade adiante, que espalhe, o boca a boca sempre foi a única mídia poderosa de verdade, a que faz jus ao investimento emocional do artista. Para o resto, para a vaidade alheia, para o desfrute dos azedos, morri.

Dramaticamente,
Pádua

Vera,

aconteceu exatamente o que eu temia, acordei com um rosto que não me corresponde. Às vezes tento me consolar pensando que estou desfigurada de tanto chorar, mas não é verdade. Eu choro justamente porque estou desfigurada para sempre, com choro, sem choro, com sorriso ou sem sorriso. Me olho no espelho e não me vejo, não me encontro, não sou mais eu, é um personagem, uma atriz maquiada para um filme de terror. Verinha, você sempre achou que eu era meio exagerada, e quando me vir vai dizer, "ah, como você aumenta as coisas, não ficou tão ruim assim". É o que todos me dizem.

    Vera, eu nunca havia escutado o que o meu rosto original falava, nunca tinha me dado conta da linguagem das minhas expressões. Que inferno! Do que adianta descobrir tarde demais nosso afeto pelas nossas imperfeições? Eu estava tão descontente com as transformações que a idade estava me impondo, e só agora me dou conta do quanto eu estava surtada, eu não podia ter feito a retaliação que fiz, este nariz não é meu, estes olhos também não, eu sigo sendo eu mesma mas meu rosto não reflete mais isso, reflete uma mulher arrogante que achou que poderia deter o tempo e que agora tem que se contentar em ser dona de uma máscara.

Choro muito e me esgoto em tanto arrependimento e aflição. Não tenho vontade de sair de casa, e nem falar direito eu consigo. Tenho a impressão de que minha voz mudou. Sei que não mudou, mas agora tudo parece falso em mim, tudo parece de faz de conta, por isso estou te escrevendo em vez de telefonar, optei por escrever porque minhas palavras escritas seguem do jeito que sempre foram.

Uma hora você vai me ver e, mesmo dizendo "não ficou tão ruim assim", vai entender meu desespero, impossível continuar vivendo sem autenticidade. Tenho vergonha da minha vaidade, como pude ser tão estúpida, eu podia não ser uma mulher bela, mas não era uma mulher feia, era uma mulher normal, era uma mulher com cara de gente, que às vezes acordava inchada, em outras reluzia, agora não há mais nada disso, apenas esta cara de defunta preparada para seu próprio funeral. Lembra a Rosa no caixão? Eu estou igual, com a diferença de que meus dois olhos estão abertos, um mais aberto que o outro, aliás.

Não ria, Verinha, parece comédia, mas é drama, drama. Pedi licença no trabalho, é provável que perca meu emprego, serei substituída. É só no que penso, que acabou um ciclo, mudei de rosto, serei substituída por esta coisa que vejo no espelho, terei que ser outra mulher para acompanhar esta aberração. Eu sou doce, sou uma mulher alegre. Como demonstrarei isso, quem vai conseguir me enxergar através deste rosto defeituoso? Não quero mais saber desta juventude de museu de cera, não quero mais ler revistas de moda, só me interessa a verdade, só me interessa a vida, me interessa o meu sorriso, a minha boca, o meu nariz, os meus olhos, o que eles eram de fato, e não como ficaram. Eu quis retroceder meu rosto, dar a ele mais jovialidade, mas não reconquistei meu viço, acabei retrocedendo em outro aspecto: me mutilei.

Aqui em casa estão divididos, o Valter acha que eu devo processar o açougueiro que fez isto na minha cara, e as crianças acham que eu devo tentar uma cirurgia de correção, o médico garante que pode consertar. Ai, Vera, consertar. Que verbo cruel.

Pareço saída de um incêndio, de um acidente de avião, uma sobrevivente de uma bomba atômica. Quantas cirurgias para amenizar o estrago? Antes fosse mesmo um acidente, assim teria sido involuntário, mas fui eu, fui eu a autora intelectual desta palhaçada. A culpa é do médico, mas é um pouco minha também, sou cúmplice e vítima deste crime.

Eu sinto a rejeição no olhar dos outros. Sabe quando as pessoas fingem não reparar quando encontram alguém com uma mancha tomando conta da metade da face? É a mesma coisa. As pessoas me olham como se fosse tudo muito normal, e eu não consigo ficar agradecida pela discrição delas, eu me sinto humilhada.

Por mais que eu deixe me "consertarem", nunca mais, nunca mais meu rosto vai falar por mim, vai fazer amigos. É com o rosto que a gente abraça as pessoas. É com o rosto que a gente atrai, e, no entanto, a partir de agora serei uma mulher de óculos escuros, uma mulher de cabeça baixa, uma mulher reservada, uma mulher escondida, evitando reflexos de vitrine, de vidros de carros, de qualquer superfície que possa me lembrar.

Venha me ver, amiga. Ou não venha, sei lá. Não sei o que quero. Quero ser vista, quero me ver, mas no passado, quero retroceder de novo, quero que o tempo volte pra trás, não para ser mais jovem, mas para ser mais sábia.

Beijos,
Flávia

Juliana e Brito,

de maneira nenhuma eu deveria estar escrevendo esta carta para vocês. Deveria conversar pessoalmente, olho no olho, numa relação de confiança mútua, como a que tivemos nestes últimos seis meses. Porém, não conseguiria contar para vocês, frente a frente, a razão de já não poder atendê-los no meu consultório, então só me restou a alternativa de redigir estas palavras, e estou certa de que vocês irão me perdoar, pois eu poderia ter sido ainda mais covarde: simplesmente ter recusado dar continuidade ao tratamento de vocês sem dizer o porquê. Mas vou dizer, ainda que isto me custe a carreira e faça um estrago no meu orgulho.

    Sou terapeuta de casal há onze anos e isso não é nada. Vejo agora, não é nada. Me deparo comigo mesma confusa, infantil, despreparada. Temos a ilusão de que, sendo profissionais habilitados para tratar as relações humanas, jamais seremos pegos desprevenidos, saberemos dar a cada situação a dosagem certa de envolvimento e distanciamento, mas as emoções de um terapeuta nem sempre ficam do lado de fora do consultório, aconteceu comigo o clichê mais explorado da literatura médica, me apaixonei por um paciente. E para tornar o inconveniente ainda maior, não foi por Brito.

Eu logo vi que você não era uma mulher como as outras, Juliana, e admiração foi a primeira coisa que senti. Quisera que fosse a única. Sou heterossexual, namoro (melhor dizendo, namorava, até quatro dias atrás) um analista de sistemas e antes dele houve outros homens, sempre homens. Nunca me passou pela cabeça que um dia eu poderia me sentir atraída por uma mulher, muito menos por uma paciente. Como terapeuta, sou a primeira a saber que a gente não tem controle absoluto sobre nada, mas, ainda assim, estou em choque.

Não se sintam constrangidos nem violados em sua intimidade. Não me aproveitei da situação frágil de vocês. Só que, quando dei por mim, não estava mais conseguindo me manter neutra, passei a apoiar Juliana na decisão de se separar, e vocês não me procuraram para que eu tomasse partido, e sim para tentar restabelecer um diálogo. Mas eu não queria que vocês dialogassem, passei a sonhar em ver vocês dois afastados, distantes um do outro, me flagrei incitando as diferenças entre vocês. É um absurdo, sou a primeira a reconhecer.

Juliana, você era tão forte, tão decidida, eu me perguntava que diabos esta mulher faz aqui, conhece tão bem a si mesma, tem todas as respostas dentro dela. E não são respostas óbvias, você vê tudo sob um ângulo excitante, sem misericórdia pela banalidade alheia, parece que você quer saltar de dentro de você mesma, se libertar do próprio corpo e da vida estreita que escolheu, e eu tinha vontade de dizer, venha, pule pro lado de cá, mas eu também precisaria abandonar muita coisa para encontrá-la, olha que atrevimento, encontrá-la, você que nunca sequer suspeitou desses meus devaneios.

Andei sonhando com você à noite e de dia também, como que em transe, até que comecei a fantasiar situações de contato físico e me assustei, não era eu – mas como não era? Prazer, vertigem, transgressão, meu equilíbrio desapareceu, e o que achei que seria apenas uma molecagem intelectual – até então eu achava que havia *decidido* inventar esta paixonite – demonstrou ser molecagem nenhuma, eu estava desejando e amando, e muito. Ontem tive certeza de que não dava mais. Deveria ter interrompido o tratamento já nos primeiros sintomas, mas é que eu mesma não acreditava que estivesse ocorrendo isso tudo.

Ontem não, ontem acreditei, a desconcentração foi tamanha, vocês lembram, eu nem ouvia o que vocês diziam, eu tremia de ciúme e pavor, eu fui vacilante, eu disse as maiores asneiras, o que aconteceu comigo eu ainda vou ter que descobrir e analisar com algum colega.

Perdão pelo susto.

Juliana, de vocês dois, imagino que seja você quem esteja me rejeitando mais, pois, apesar de inteligente, parece possuir alguns preconceitos que finge não ter, Brito é mais aberto. Se eu estiver enganada, mas enganada mesmo, você tem meu número.

Clarissa Piccoli

PS: Os três últimos cheques não foram nem serão descontados.

Rique,

há dois anos que eu pareço um disco riscado, repetindo sempre a mesma coisa, que eu gosto de você mas não gosto do seu esnobismo, gosto de você mas não gosto do seu jeito escorregadio, gosto de você mas não gosto da sua vaidade. Estou sempre falando as mesmas palavras, e a gente sempre se desencontrando, se desentendendo, seja no silêncio ou na repetição, nunca se afastando realmente e também nunca juntos, uma lenga-lenga que pode até parecer amor – eu acreditava que fosse amor, por isso passei estes dois anos controlando meu tom de voz, acendendo uma vela pra deus e outra pro diabo, querendo você perto e longe ao mesmo tempo, então repetia: gosto disso em você mas não gosto daquilo, sempre com medo de que você se irritasse de vez e fosse embora, mas com medo também de que você ficasse e me fizesse sofrer mais e mais. Dois anos, Ricardo, pedindo pra você me deixar em paz e nas entrelinhas gritando: me ame, seu idiota! E você surdo, mudo, cego e burro, desperdiçando o que eu tenho de mais sagrado, de mais inteiro e mais honesto, você sempre foi covarde que eu sei. Covarde. É por isso esta carta agora, Ricardo, para mudar de tom e arriscar, vou dizer o que penso, mas agora sem contemporizar, não mais contrabalançando minha decepção com as coisas que eu gosto em você, hoje vou te dizer apenas o que eu não gosto, e azar se isso nos separar de vez, já não há remendo possível de qualquer maneira.

Te acho não só covarde, como mascarado, ainda que bem disfarçado por trás da sua lábia e de suas inócuas intenções. Se você tivesse dezessete anos, ainda dava para entender esta sua fixação em seduzir por seduzir, para colecionar troféus. Todo mundo passa por uma fase de autoafirmação, mas aos 35, Ricardo, já era hora de você parar de blefar e investir em algo real, um sentimento que te preencha a vida, você acha isso tão aprisionante? Pois prisioneiro você já é desta sua autoimagem que propaga para qualquer rabo de saia e que é falsa, incipiente, ridícula. O que adianta fazer as mulheres caírem aos seus pés por dois ou três meses, se depois elas descobrem o engodo e passam a desprezá-lo? Se você fosse orgulhoso mesmo, reduziria o número de vítimas e aumentaria o número de amigas. Porque se continuar sendo moleque vai morrer bem sozinho, ou com alguma namorada de ocasião, dessas que não vão lhe dar filhos nem justificar seus dias gastos. Você gasta seus dias com o supérfluo. E se acha tão profundo.

"Outra apaixonada", você deve estar pensando. Não negarei, sou mesmo apaixonada por você, mas menos, bem menos do que já fui, pois já consigo enxergar quem você é, e quem você pensa que é, duas figuras bem distintas, pois você pensa que é especial, e não passa de uma caricatura de homem, de um disfarce bem feito, um boneco de cera, daqueles que a gente diz, nossa, mas é igualzinho a um ser humano, só que olhando de perto a gente vê que a expressão não muda, o olhar não brilha, a pose é sempre a mesma.

Pobre você, dom-juanito, que teve mulheres bacanas na mão, não só eu, mas eu inclusive. Você que podia ter dado um basta nas suas pretensões e ter vivido um caso de amor igualzinho aos dos seus amigos, bem demorado e bem curtido, mas ora, imagina, Ricardo Saraiva Paz Vieira, ilustre ninguém, não podia ser mais um, tinha que se destacar, e se destacou como um pretenso bom partido, enquanto não passava de um produto mal-acabado de gente. Você prometia. Tinha, e tem, potencial. Só não sabe o que fazer quando chega a hora de se entregar, prefere escapulir feito um rato.

Rique, magoei você o suficiente para me odiar, para me chamar de maluca, para tripudiar sobre meu destempero? Não me importo, você pode estar menosprezando minhas palavras agora, mas elas vão entrar uma por uma na sua cabecinha, vão morar aí por uns dias, até que você consiga mais duas ou três trouxas que o distraiam e o façam esquecer de quem você realmente é, um arremedo de homem, um protótipo, um rascunho, isso, você é o rascunho do homem perfeito, um layout, fica sempre devendo a finalização, o mulherio paga e não te recebe, você deve achar isso muito divertido. Mas, escuta, o único palhaço aqui é você, porque no final das contas é você que resta sempre sozinho, sem uma história verdadeiramente bonita pra contar.

Hoje não tem quero e não quero, gosto e não gosto, acabaram-se os meus cuidados com você, o morde e assopra, você não merece meu carinho, meus elogios, meu apoio, nunca soube retribuir nem agradecer, considera-se merecedor de todos os afetos, quem é você, um príncipe escondido neste quarto e sala em que vive, dirigindo seu Corsa como se fosse uma nave espacial, olhe bem pra você, nem bonito você é, nem bonito.

É o homem que eu amo, e isso lhe deveria servir. Mas se não serve, se você dispensa esse tipo de sentimento barato, fazer o quê?

Para mim é sofrimento localizado, e demorado, admito, mas não vai durar tanto quanto sua catástrofe emocional, que é pra sempre.

Cecília

Queridos pais,

sou uma atriz. Não sei se ao nascer com o dom já podemos nos intitular como tal, mas desde ontem me outorguei o direito de dizê-lo: sou. A peça estreou, subi ao palco, disse meu texto sem gaguejar e arrisco dizer que convenci no papel de árvore: sou.

Ao dia de ontem precederam centenas de anteontens que me foram vertiginosos, mas sem eles não haveria nem esta carta nem esta filha mais consciente de si própria. Desde que cheguei nesta cidade povoada por ruas cujos nomes ainda não decorei, busco aposentar um pouco do que eu era: aquela menina sonhadora e segura sob um teto familiar localizado em uma rua de nome Alcântara. Hoje moro num apartamento onde os sonhos tiveram que ser despejados, não couberam. Tive que optar pelos poucos móveis que aqui se amontoam – e pela minha colega de quarto, naturalmente, sem a qual eu não conseguiria custear esta nova vida. Contei em alguma de minhas cartas anteriores que ela é recepcionista num curso de idiomas. Segue recepcionista. Veio de Maringá.

Ela é calada, come pouco, dorme muito e paga sua parte em dia. Não ficamos amigas nem inimigas, somos coinquilinas e não fazemos perguntas íntimas sobre a vida uma da outra, e já se passaram quatro meses. Convidei-a para assistir à peça. Ela agradeceu gentilmente, mas não foi.

A peça é aquela mesma sobre a qual já comentei. Chama-se *Rosa, Rosinha, Roseira* e foi escrita por uma autora natural aqui do Rio de Janeiro, Stella Pires. Ela escreveu vários livros infantis e este é seu segundo texto para o teatro, o primeiro foi bem de bilheteria, dizem. Eu sei que uma peça infantil não inflama egos, mas, acreditem, a maioria das atrizes que vocês veem na televisão começou desta maneira, e o papel de árvore, antes que gracejem, é o terceiro mais importante da montagem, perdendo apenas para a Rosinha e para a Roseira.

A plateia estava lotada, a maioria era composta por convidados do elenco e seus filhos, eu só havia oferecido convite à minha colega de apartamento, que, como vocês acabam de saber, não foi, e tanto melhor. Me senti mais à vontade entre estranhos. Ninguém para me julgar. Desde que aqui cheguei, o medo do desconhecido foi vencido pelo prazer de não ser reparada, apontada, vigiada. Me tornei invisível.

Ninguém presta atenção em mim, não sabem da existência de vocês, que o pai é comerciante, que a mãe costura, nada disso se pergunta. Pensei que eu sofreria, e descubro uma misteriosa satisfação em ser ninguém – o que não impede a saudade, mas saudade não é doença.

    Isso eu só soube agora. Ao chegar, pensei que estivesse enferma, tão frágil me senti ao ter que enfrentar uma cidade em tudo diferente da nossa. Passei os primeiros dias tão preocupada em não me perder pelas ruas que esqueci de comemorar a nova fase, o passo gigantesco que eu havia dado. Então, num dia em que o medo foi menor, desci até o bar que tem embaixo do prédio e comprei um guaraná. Trouxe a garrafa fechada para o apartamento. Era o terceiro ou quarto dia no Rio e pensei que nada era mais natural do que brindar o que ainda não havia sido brindado, aquele aguardado futuro agora feito presente. Girei a tampa do guaraná com a certeza de que estava feliz, mas a pressão fez ele espumar, derramei uma boa quantidade de líquido no chão e instantaneamente comecei a chorar como se eu tivesse acabado de detonar uma granada na cozinha. Me senti triste, e o que mais doeu foi a autocomiseração. O guaraná ali melando o chão, melando minha mão, eu procurando um pedaço de pano para limpar o estrago e ao mesmo tempo derramando lágrimas como se estivesse vivendo uma tragédia. Não era uma tragédia, era solidão, apenas.

Parece a vocês muito rápida a minha adaptação? Rápida, por certo, se compararmos com os dezenove anos que levei para me adaptar à ideia de que queria ser atriz e que no interior de Goiás eu não conseguiria realizar nem este nem todos os outros sonhos: o de ser mulher, o de ser independente, o de ser invisível. Sonhos que não são mais sonhos: eles não cabem na minha nova e apertada vida de carioca. Troquei sonhos por objetivos. Eles são mais compactos, ocupam menos lugar e dão mais certo.

Lembro de todos os conselhos de vocês, de todas as palavras sobre fama, sucesso, dinheiro e perdição – sempre a perdição aliada ao que promete ser bom. Vocês não me perderam nem perderão, mas eu me perdi um pouco de mim, e nem consigo acreditar que consegui tamanha façanha.

Mãe, pai: me emancipei. Depois de dezenove anos de prisão domiciliar, conquistei meu alvará de soltura. Não, vocês nunca foram escravagistas, sempre foram bons e tolerantes comigo, mas eu vivia sufocada pela falta de noção de quem eu era, idealizando personagens que um dia iria interpretar, e agora que os estou interpretando pra valer, descobri a mim mesma, íntegra e inteira, e não sou uma árvore, sou uma pessoa.

Se eu irei continuar atuando? Eu nem ao menos sei se irá chover amanhã. Olho para o céu agora, é noite, e não há estrelas. O Cristo Redentor aparece e desaparece sob nuvens espessas. Amanhã pode clarear ou não amanhecer. Se serei uma atriz profissional? Nunca mais uma mulher amadora, isso eu lhes garanto.

Com amor e saudades de vocês – e saudade não é doença.

Catarina

Graça,

eu vou enlouquecer, você tem que vir aqui me dar uma força, não estou segurando a barra sozinha, por favor, minha irmã, dê um jeito aí no seu trabalho e venha passar uns dias aqui, já que buscar a mãe para levar com você não há hipótese. Que álibi maravilhoso o seu, hein? É solteira, trabalha o dia inteiro e não tem grana, como cuidar de uma idosa que necessita de atenção a todo instante? Sobra para a irmã casada, a que tem empregada, filhos, bom salário e que nunca mais botou o nariz pra fora de casa, a trouxa aqui, que sempre teve a cabeça no lugar. Mas Graça, minha cabeça está em risco, e minha empregada também, a Lorena não aguenta mais cuidar da mãe, reclama e ameaça ir embora, e as crianças não param em casa por causa dela, para não terem que tropeçar com ela na sala, a mãe não sai nunca, está sempre sentada em algum lugar se queixando de dores e de desatenção

– de desatenção! Nós que praticamente paramos de viver para atender suas necessidades, suas crises. Eu não achei que iria ser tão pesado, Graça, achei mesmo que a gente daria conta de tudo, mas entrego os pontos, hoje tenho que desabafar, a vida da gente está uma merda, a minha e a do Flavio, ele anda impaciente, irritadiço, agora botou na cabeça que a gente tem que viajar, mas o que eu faço com a mãe? Ela não quer uma enfermeira, é teimosa, diz que não está doente, está apenas velha, e tem razão, mas o que faço com ela, se eu deixá-la nas mãos da Lorena e das crianças eles nunca me perdoarão, as crianças estão naquela idade, você sabe, praticamente dois adultos, não têm ouvidos nem pra mim, muito menos para a avó, que tal você pedir uma licença no emprego e vir, Graça? Venha fazer companhia pra ela para que eu possa dar uma viajada com o Flavio e tentar salvar o nosso casamento, porque do jeito que está, nossa relação vai acabar indo pro espaço.

A mãe está mais ranzinza do que nunca, fala sozinha, fala com os objetos, reclama da comida, diz que a Lorena é relaxada, que não limpa direito a cozinha, e implica com os amigos das crianças, outro dia não transferiu uma ligação de um colega da Fernanda, desligou na cara dele, e a Fernanda tem chiliques, é claro, grita pelo corredor, diz que não aguenta mais dividir o banheiro com a vó, que menina de dezesseis anos gostaria? Um inferno, é isso que se tornou este apartamento, um inferno. No começo a mãe era mais quieta, ficava no quarto dela vendo tevê, mas de uns tempos pra cá anda agitada, se irrita por não ter nada pra fazer, e ao mesmo tempo sente pânico de sair de casa, não quer ir a lugar nenhum, ver nenhuma amiga, está ficando até meio porca, deus me livre, diz que tem medo de cair durante o banho, e olha que eu coloquei corrimão no box e ao lado do vaso, tudo direitinho, mas ela não faz a higiene dela, outro dia eu tive que escovar os dentes da mãe como se ela tivesse três anos de idade, é justo isso? Ela poderia fazer sozinha mas não faz, quer assistência 24 horas, eu não tenho mais energia, Graça, trabalho o dia inteiro naquele escritório, vou ao tribunal, passo o final de semana muitas vezes analisando processos e ainda tenho que cuidar desta criança nova que me surgiu, esta criança de 79 anos! A mãe da Solange está com 86, lembra da Solange? A mãe dela é independente, faceira, vaidosa, pega condução sozinha, joga baralho com as amigas, por que a nossa não é assim, por que ela se entregou tão cedo? Ela come de boca aberta, faz barulho nas refeições, derruba a comida do prato, parece que faz de propósito, pra chamar a atenção. Eu não consigo ver um programa de tevê sossegada, ela senta ao lado e começa a perguntar: quem é este, o que ele está dizendo, sobre o que estão falando... não fecha a matraca um segundo, às vezes me descontrolo e dou uns gritos com ela, aí ela se emburra e é pior ainda, me arrependo, me sinto péssima, a coitada não tem culpa de ter envelhecido tão mal, tão solitária, tão desesperada, mas o desespero dela é contagiante, sou eu agora que estou desesperada, Graça, não era esta a vida que eu queria pra mim, eu tinha uma vida, não tenho mais, agora adormeço e acordo pensando em coisas cruéis, você sabe o quê: desejando que ela morra. Não acredito que escrevi isso.

Não quero que ela morra, claro que não, é nossa mãe, mas amor gasta, não gasta? Garanto que você ficou chocada de eu dizer que gostaria que ela morresse, mas não é você que está lidando com a situação diariamente há quatro anos, você apenas aparece de vez em quando pra fazer visitinhas e depois volta pra São Paulo e desliga da gente, você é moça ainda, apesar de eu achar que já deveria ter alguém, uma família, mas isso é problema seu, só que a mãe é problema nosso, não pode continuar sendo apenas meu, você tem que repartir comigo, o meu amor por ela agora não é mais suficiente, eu tenho ódio às vezes, muito ódio, e fico com pena de mim, logo eu, você me conhece, logo eu que não tolero autopiedade. Graça, estou esgotada, precisando de férias, eu conseguiria tirar uns dias do escritório, a Solange e a Jó me cobririam, já conversei com elas, e o Flavio disse que pode tirar uns dias também, ele faz qualquer coisa para ir para um hotel tranquilo, de frente pro mar, sem ouvir a voz da mãe perguntando "o que foi, o que foi" quando ninguém falou nada. Ela não suporta o silêncio, ela finge que ouve coisas para ter o que responder, mas quando é pra prestar atenção, não presta, parece que velho age assim só pra nos atazanar.

Eu sei que você não tem cargo de chefia, não manda nos seus patrões, é apenas uma secretária, mas eu não posso mais com desculpas, eu preciso que você venha pra ficar com ela, e não me fale em final de ano, eu tô falando que preciso agora, a situação pede, eu te peço, Graça, não quero internar nossa mãe num desses lugares que a gente vê por aí, sei que há uns bem ajeitados e que os velhos se ocupam e se distraem, mas a mãe não pode nem ouvir falar do assunto, uma vez eu tentei falar com ela sobre isso e ela chorou feito um bebê, foi de cortar o coração, eu não teria coragem, Graça, ou teria, sei lá, eu vou ter que tomar uma providência, mas antes disso venha, seu lugar agora é aqui, a mãe também é sua, não arranje mais desculpas.

Me diga quando devo buscá-la na rodoviária.

Beijo,
Dinorá

Mano,

isso aqui é uma roleta-russa. Cleck, cleck, cleck. A bala ainda não entrou na minha cabeça. Todo dia acho que vou morrer. Todo dia acho que ainda não nasci. Me deixaram te escrever de novo. Não sei se vão colocar no correio. Tudo doido. Todos. Não tem um que escape.

    Hoje foi massa com almôndega. Ontem adivinha. Massa com almôndega. E anteontem, massa com coxinha de galinha. Amanhã, massa com coxinha de galinha de novo. Almôndega e coxinha, às vezes dois dias coxinha, dois dias almôndega, eles nem revezam. Eu fico olhando pra cara do bando no refeitório. Ninguém sabe por que está comendo. Eles mandam, a gente come. Não faz a menor diferença. A mãe cozinhava bem? Não lembro da mãe. Que rosto, que cara tinha. O nome. A gente teve uma? Uma mulher veio me visitar outro dia. Faz um mês. Ou um ano. Grande porcaria. Não sei quem era. Se irmã, namorada, ex-professora. Tinha um bundão. Não tinha cara de mãe. Mãe é sempre mais velha que a gente. Essa era mais ou menos. Era sua mulher? Você casou? Quando eu sair daqui vou ter uma mulher. Vou ter duas. Vou comprar umas quatro.

Sonhei que tinha um carro. Eu lembro como é dirigir. Primeira, segunda, terceira. A gente pegou o carro do velho sem licença, quantos anos eu tinha? Você era um cagão. Não aconteceu nada. Na-da. Mas você chorava feito uma menina. Eu tinha um pouco de ódio de você. Nunca gostei de medo. Medo não existe. Medo é uma desculpa. Cleck. Cleck. Roleta-russa. Não faz diferença. Morrer, viver, não faz nenhuma.

Me escondo no quarto pra não saber se é dia ou noite. Assim passa mais rápido. Mas não me respeitam. Me puxam pela gola do uniforme e me arrastam pro pátio, vem pegar sol. Pegar sol, que ideia. Ninguém alcança o sol. Rotina: vou, volto, sento, levanto, sozinho, cercado de loucos. Pegar a chuva, dá. Mas aí eles não deixam. Quero pegar a chuva com a mão, eles não deixam. Vai pegar resfriado! Resfriado, que não dá pra pegar, eles dizem que se pega. Me tira daqui, vai.

Tem um cara me olhando. O vigia. Pra ver se eu não vou fazer nada de errado com esta caneta. Ele deve estar pensando em sacanagem. Mas não vou enfiar a caneta no rabo. Eu poderia furar meus olhos: pum, pum, uma estocada em cada um, só pra ver este babaca mijar nas calças. Tudo fede aqui dentro.

Eu não preciso de olhos. Ele precisa. Tenho um plano. Me aproximar fingindo que quero ajuda com uma palavra: mau se escreve com a letra *u* ou com *l* no fim? e pum, pum, duas estocadas nos olhos dele. Eu iria preso? Do hospício pro presídio, muda nada.

Você me jogou aqui dentro. Atrapalho o andamento. Causo desordem, vejo coisas. A cabeça veio com defeito. Não bate.

Bate, cabeça, bate.

Dei um susto no homenzinho. Bati minha cabeça na parede. Uma vez só. Ele arregalou os olhos. Arregalou bem arregalado. Ficaria mais fácil assim: pum, pum. Idiota. Ameaçou tirar a carta de mim, fingi chorar, ele devolveu. Eles adoram quando a gente se faz de retardado. Eu sei que eles não vão entregar pra você. Eles entregaram as outras? Você não responde. Eu nem sei se você ainda existe.

Queria saber há quanto tempo estou mofando aqui. Não tem espelho. Se quebrarem, viram cacos. Arma. Me enxergo no reflexo dos vidros das janelas e me acho igual. Igualzinho. Igual a quem, não sei. A Rosana me achava bonito. A Rosana. Você conheceu. Você casou com ela? Foi a Rosana que esteve aqui? Me olhou com uma cara de pena. Tão feia.

Se ainda fosse um hospício decente. Anárquico. Mas é como qualquer hospital, os doentes arrastando os pés pelo assoalho frio. O banho é frio. O eletrochoque é quente. O olhar de uns é frio, de outros é quente. As mãos gelam à noite. O silêncio enlouquece. O silêncio. Por isso uns gritam. Pra não enlouquecer mais ainda. Eu não grito. Eu converso com as traças. Com as baratas. Com os ratos.

Limonada um dia, água no outro, limonada um dia, água no outro. Eu prefiro água, que é um troço mais sincero. E consigo enxergar o fundo do copo. Nunca é limpo. Nada é limpo. Eu também não. O banho é frio.

Você casou com ela?

Não sei se fui eu que vi vocês primeiro, ou vocês que me viram. Aquilo arranhou meus olhos. Me açoitou. Eu queria sair de mim, não conseguia. Sofrer alucina. Doía feito carne arrancada do corpo. Nunca mais vou sentir coisa igual. Amor é dor. Amor é dor. Amor é dor. E você foi um filho da puta.

Gostar de alguém que vai te deixar. Todo cretino faz isso. Vou ter duas. Vou ter cinquenta. Vou deixar uma por dia. Me tira daqui. Não vou procurar vocês. Não sei em que sarjeta, em que buraco foram se esconder de mim. Por que não veio com ela? Vem. Vem ver meus dedos cheios de sangue. Sangue coagulado, preto, duro. Eu devoro o entorno das unhas. Arranco a pele. Arde. É a única fome que tenho.

Pum, pum. Em cada um, arregalado. Com a ponta da caneta. Chega mais perto. Coloca os olhos bem perto deste papel.

Brincadeirinha. Daqui eu não posso. Daqui eu não posso nada.

Teu irmão,
Vitor

Maria Alice,

não pude evitar de mandar pela Carminha esta carta para você, escrita à mão, raridade hoje em dia. Você já deve ter recebido meu e-mail dizendo o quanto vibrei com a visita da sua filha. Você não imagina como é bom receber um brasileiro em casa quando se vive longe. Carminha trouxe CDs, contou novidades, ajudou nas tarefas de casa, não incomodou nunca. E tenho certeza de que aproveitou bem estas três semanas para reforçar o inglês que ela tanto quer falar com fluência. Ela tem bom ouvido, aqui conseguiu destravar.

Mas por e-mail não dá para abordar certos assuntos mais íntimos, eu ao menos não confio na inviolabilidade destas máquinas. Tenho uma amiga daqui que trocava e-mails com um cara, escondida do marido, e deu o maior rolo, o marido descobriu e eles quase se separaram, ela só foi perdoada aos 44 do segundo tempo porque conseguiu provar que não havia acontecido nada entre ela e o tal sujeito. Ao menos é o que ela diz.

Não que eu pretenda contar pra você alguma aventura desse tipo, que nada, bem que eu gostaria, até. Mas aqui em Nova York ninguém olha para o rosto de ninguém, são milhões de homens e mulheres invisíveis povoando as ruas. E amante virtual é cilada, convite ao blefe. Queria apenas te dizer o quanto a visita da Carminha abriu sulcos em mim. Você sabe que não sou mulher de arrependimentos, de olhar pra trás, essas coisas. A gente tem que mirar no alvo e atirar, pronto, foi. A flecha não volta. Se acertamos ou erramos, não tem volta. Foi assim que levei a vida sempre, e mesmo eu não sendo a mulher mais feliz do mundo vivendo longe do meu país, assumo minha escolha, o Rodrigo não me obrigou, eu já era uma adulta quando ele disse que teria que trabalhar aqui e que era provável que jamais voltássemos, eu topei sem pestanejar porque o amava. E amo ainda. Temos uma vida boa. A cidade é agitada, sempre uma exposição ou um concerto, um restaurante novo. Não fosse o frio, com o qual até hoje não me acostumei, eu não teria queixas. Não tenho, aliás. Preferiria estar no Brasil mas apontei a flecha pra cá. Tô enrolando e não entro no assunto.

Carminha. Sua filha. Uma morena linda de dezoito anos, inquieta, curiosa, aberta pra vida, a sua cara, Maria Alice. Nunca vi tão parecidas. Estando com ela, estive um pouco com você também, eram quase a mesma pessoa. Lembrei dos nossos tempos de adolescente, ela tem algumas velhas manias suas, uns cacoetes, uma certa timidez, aquela coisa de se sentir deslocada onde está, e ao mesmo tempo tão inteligente, por vezes espirituosa, exatamente como você era. Não sou eu que vou lhe dizer isso, você deve recordar de você mesma. Você e Carminha, quase as mesmas – me veio uma rima tola: siamesas! E ela fala de você com um orgulho admirável. Tocante mesmo. São mãe e filha. Se eu já entrei no assunto? Não, ainda não.

Maria Alice, ando com o sono agitado, minha insônia voltou, fico remoendo ideias que julguei enterradas, mas elas voltaram a me assombrar. Fiz cinquenta anos mês passado (já agradeci o presente que você mandou pela Carminha, mas agradeço de novo, amei a echarpe, thanks a lot!) e acusei o golpe, amiga. Que idade emblemática. Mesmo tendo uma vida boa, as cobranças batem na porta. Eu não tive filhos. Eu não quis ter filhos. Não posso nem culpar o Rodrigo, porque ele disse que a decisão teria que ser mais minha que dele, e foi. Filhos, não, muito obrigada. E agora? Pois é isso que me pergunto, e agora?

Não tive filhos nem terei, pois não me seduz a ideia de adotar. A princípio, nada mudou, ainda considero a maternidade uma relação de dependência extrema, e liberdade é tudo o que consagro na minha vida. Mas quem disse que a alma da gente se entende com o cérebro, quem disse que uma decisão racional adquire de súbito um consenso? Eu me descobri conflituada. É uma palavra bonita, mas dói. Conflituada.

Dei para observar meus anéis e me perguntar que outros dedos irão usá-los. Dei para pensar que talvez eu não venha a ser uma velhinha saudável, talvez necessite de cuidados, e quem irá me amparar, a não ser algumas enfermeiras? Mesmo eu saindo do ar, acredito que o afeto é sempre perceptível, e não será numa clínica que me sentirei acolhida. Preciso de mãos com sangue semelhante, frutos caídos da mesma árvore. Você poderia imaginar que eu ficaria assim tão sentimentaloide?

Estou com medo. O medo que nos acompanha sempre, mas que se torna mais tangível com o passar dos anos. Medo de abandonar a vida sem ter deixado nada pra trás. Trabalho é trabalho, fazedor de grana, propiciador de prazeres e dignidade, mas quem sobreviverá a mim carregando meu olhar, minha voz, o jeito com que mexo as mãos? Carminha foi um abraço na minha vida, mas também um soco. Eu não tenho herdeiros da minha existência.

Não, amiga, ainda não cheguei ao ponto de me sentir árida e inútil, fiz algumas pessoas felizes, isso também é herança que se deixa. Mas eu abri mão de um sentimento que nunca vou conhecer. E a vida sendo tão rápida, me pergunto: será que valeu a pena me poupar dos dramas e das angústias da dependência afetiva? Minha mãe dependia de mim mais do que eu dela, sempre percebi isso, mesmo quando criança. Era um fardo pra mim ser tão importante para alguém, isso me imobilizava, e se ela não tivesse falecido cedo, talvez eu jamais tivesse vindo morar em Nova York, pois ela era mestre em chantagem. Ah, você não conheceu dona Arlete, aquela era uma atriz.

Teria sido eu também uma dependente crônica? Alguma mãe consegue se libertar 100% dos filhos? Talvez não possam. Talvez não queiram. Libertar-se pra quê? Filhos sempre foram o melhor álibi de uma mulher, a melhor justificativa para os nãos que uma mulher distribui pela vida – e para ela própria. Não sei se eu seria diferente, não sei se saberia amar sem transformar este amor em tortura. Talvez eu esteja dizendo um monte de asneiras, é provável que esteja, mas estou sentindo falta de ter tido essas respostas através de experiência própria. Um filho, hoje, poderia me dar outra perspectiva.

Maria Alice, sua filhota ainda estava aqui quando despertei outro dia de um sono agitado me perguntando como fui fazer isso comigo mesma: me impossibilitar de saber.

Mande um beijo para a Carminha, diga a ela que Chanel sente saudades. Chanel é a gata aqui de casa, minha filha de mentirinha, bichos são sempre compensações. Não fique com pena de mim pois desabafei, desabafei e nem por um momento os olhos marejaram, não choro porque não há perda, há apenas a interrogação, o "como seria se". E nenhuma aflição perdura quando se está sentada no Blue Note ouvindo um jazz de gabarito, como farei logo mais à noite, portanto, estou triste, mas sou alegre, e nada mais a reclamar.

Viva Carminha e você. E eu. E a que não fui.

Marisa

Nem sei como iniciar esta carta: prezado Wagner, caro Wagner, querido Wagner, na verdade nem acredito que estou escrevendo pra você, Wagner Souza, meu ídolo. Jurei pra mim mesma que não seria piegas, mas já vi que não vou conseguir evitar. Sou sua fã número 1. De carteirinha. Desde que você surgiu na primeira novela, coleciono todas as matérias e fotos suas que saem na imprensa, mas não me confunda com qualquer outra menina que aja (ou haja?) assim. Comigo é diferente. Conosco é.

    A gente se viu no shopping sábado à tarde. Você estava na inauguração de uma loja, eu sabia que você estaria lá, é garoto-propaganda da grife. De camiseta verde, combinando com seus olhos. Eu achei que ia ter uma coisa. Quando é que eu iria imaginar que não ficaria só na tietagem? Pensei que iria derreter quando você me viu. Me encarou, na verdade. Foi como se naquele momento todas as luzes tivessem apagado e só dois holofotes permanecessem acesos, um em cima de você e outro em cima de mim. Um sonho lindo.

Wagner – posso te chamar assim, agora –, eu não quero forçar a barra, mas tive que escrever esta carta porque sei que, de outro jeito, você não teria mais notícias a meu respeito. Você não perguntou meu e-mail, meu número... Eu não sabia que você era tão tímido. É só por isso que estou tomando a iniciativa, normalmente não sou atirada. Mas acredito em amor à primeira vista, acredito em conspirações cósmicas, acredito em destino. Seu olhar mudou quando me viu. Foi como se eu estivesse nua. Você me descobriu, em todos os sentidos. E seu autógrafo não desmentiu. "Com amor, Wagner." Eu vi o autógrafo que você deu para a menina que estava ao meu lado. "Com carinho, Wagner Souza." Com carinho. E com sobrenome. Sem o afeto e a informalidade com que me escreveu. Eu queria gritar de emoção.

Sei que você convive com muitas garotas bonitas, mas sei também que não é namorador e está solteiro. Li numa entrevista que você prefere mulheres que não sejam do meio. Mesmo com alguma ilusão, nunca pensei que eu seria a premiada. Você me capturou com o olhar e agora estamos assim, quase frente a frente, procurando um caminho em comum. Eu amo você.

Eu amo, amo, amo muito você. Tudo em você, sua boca, seu cabelo, sua voz. Sua simplicidade. Seu sorriso. Você é como um garoto normal, como se morasse na mesma rua que eu. É o que te faz assim especial. Wagner. Juro que não contei pra ninguém, ainda.

Quem iria acreditar? O cara do pôster colado atrás da minha porta se interessou por mim? Me belisquem.

Meus pais não vão se opor. Eles acham que eu vivo no mundo da lua, mas, quando eu contar a novidade, eles vão dar o braço a torcer. Não sou mais criança, tenho dezesseis anos. Já tive namorado. Você é ciumento? Espero que não.

Através desta minha carta, você agora pode me localizar. Estou mandando telefone, e-mail, endereço. Pensei até em mandar uma foto, mas sei que você lembra de mim. Você piscou pra mim. Você gostou de mim de verdade. Wagner, você parecia saído de um conto de fadas. Eu fiquei até o final da festa para conversar com você, mas avisaram que você tinha ido embora cercado de seguranças. Eu entendo. Mas vamos precisar de privacidade. Não vejo a hora de beijá-lo.

Sei qual é seu esporte favorito, seu prato favorito, quantos irmãos tem, mas ainda há tanta coisa que precisamos descobrir um sobre o outro. Será difícil dividi-lo com as fãs e com seus compromissos profissionais, mas prometo que serei paciente, desde que você jure que será meu para sempre.

Wagner, agora é sua vez. Me procure. Não sei seu telefone, nem seu e-mail – você entra no MSN? Tem algum nick? Aguardo resposta ansiosamente.

Sua,
Karine

Querida Eneida,

estou em pânico, surtada, à beira de um ataque daqueles, maldita hora que você me indicou aquela bruxa, maldita ideia de ver aquela cartomante outra vez, que estúpida que eu sou, desta vez minha vida tava legal, bacana, tudo acomodadinho no lugar, fui lá pra procurar transtorno, mexer em vespeiro, e agora, o que eu faço com as coisas que ela me disse, se eu acreditei das outras vezes, por que não acreditaria agora? Lembra, ela acertou sobre o Marquinhos, acertou como se vivesse dentro de casa com a gente, cheguei até a achar que o Marquinhos frequentava o tarô dela também, ela só não previu dia e hora, mas foi na mosca, o Marquinhos fez tudo como ela avisou que faria, e da vez da doença da mãe, o que era aquilo, a mulher acertou até o nome do médico, quer dizer, acertar que era Hans não acertou, mas disse que era alemão, o cara podia ser argentino, paraguaio, italiano, mas ela falou com aquele ar de entendida, o médico alemão da sua mãe, e até o tempo de duração da cirurgia, isso tem cabimento, Eneida, a mulher disse que seria longa e foi uma eternidade, e quando todo mundo achou que a mãe não sairia viva do hospital a bruxa previu a alta antes de todos, agora você me diz se não é pra ficar com os nervos em frangalhos com o que ela me disse, por que eu iria duvidar agora que ela previu minha morte, minha morte, caralho, o Marquinhos disse que eu não posso levar isso a sério, mas como não, nas outras duas vezes a mulher nem perguntou meu nome e já saiu descrevendo minha vida como se tivesse lido meu diário, só não adivinhou a cor das minhas calcinhas porque eu não perguntei, e com você ela também foi taxativa, como é que ela ia saber que sua filha tinha saído de casa naquela manhã, você mesma me contou que não deu nenhuma pista, nem tinha falado ainda que tinha filhos e pimba, "sua filha saiu de casa mas volta em menos de três semanas", e um dia antes do prazo expirar a Lucinha estava pedindo penico, você me explica um troço desses, vai agora me dizer que são repetições da vida, que é fácil de chutar, nem vem, você estava uma pilha achando que a Lucinha tinha ido viver com aquele drogado, ninguém diria que ela se arrependeria tão cedo da mancada, em três semanas, a bruxa disse, e em três semanas sua campainha tocou, Eneida, e a idiota aqui agora está arrancando os cabelos com raiz e tudo porque ela disse que eu vou morrer, cacete, e ela sabe quando, e sabe que não demora, e não me importa que ela não tenha usado o verbo morrer, mas foi o que disse a cretina, que eu tomasse cuidado, que um perigo chegava, que eu seria visada pelo atirador de facas, quem é o atirador de facas, eu perguntei, ela disse que não sabia, Eneida, quem é o atirador de facas, pelo amor de Deus, será um pivete com um estilete na mão, será que a minha empregada vai me furar a barriga, será que eu vou conhecer alguém que trabalha em circo, e ela não falou brincando não, estava nervosa, me olhou como se eu já tivesse feito a passagem pro além, me olhou com pena, esta já era, coitada, eu fiquei lívida e ela nem me ofereceu um copo d'água, eu queria falar do futuro e ela só faltou passar a mão na minha cabeça e dizer que futuro, minha filha, não tenho boas notícias, tô vendo aqui, tô vendo aqui, e eu não via nada, onde, onde, aqui, dizia ela, tô vendo aqui, o atirador de facas, quem é este homem, você se cuida que sua estrela apagou, Eneida, teve uma hora que eu achei até que ela estava falando em outro idioma, começou a sussurrar uma reza em voz baixa, ficou possuída depois do que viu, e eu ali ouvindo a sentença, menina, eu tô a ponto de explodir, desde quinta que eu não saio de casa, não ligo a tevê, não durmo, não penso em outra coisa, eu vou acabar tendo um ataque cardíaco e morrendo antes do atirador de facas chegar, será este o plano, a bruxa diz pro cliente que ele tá ferrado, o sujeito morre de infarto e ela sai com a credibilidade em alta, é uma boa estratégia de marketing, Eneida, tento levar a coisa com humor mas tô na neura, o Marquinhos quer me arrastar pra lá de novo e fazer a bruxa desmentir tudo mas eu não quero ir, ele diz que é o único jeito, mas tenho medo que ela minta pra me tranquilizar, ou reforce a previsão, diga, sinto muito, seu Marquinhos, as cartas não voltam atrás, o destino não revê seus conceitos, tá escrito, a estrela apagou, o atirador de facas tá a caminho, melhor não abrir a porta, ah, Eneida, vai lá, fala com ela, pergunta se ela já teve esses pressentimentos antes e se acertou ou se errou, dá uma prensa na velha, tenta descobrir mais detalhes, eu não volto naquele cubículo fedorento, vai você, faz isso por mim, tipo último pedido, que tal? Tá bom, vou deixar de ser mórbida, prometo me acalmar, hoje vou me distrair, à noite meu irmão botânico vem aqui em casa visitar a gente, o maluco vai trazer um macaco que adotou na Amazônia, por que ele não tem filho como todo mundo?, só comigo que acontecem essas coisas, diz a verdade, só comigo, macaco é bicho agitado, eu mato esse gorilinha se ele colocar minha casa de pernas pro ar e denuncio o esquisito do meu irmão pro Ibama, mas enquanto isso, Eneida, vai lá, promete, vai assim que puder, ainda hoje, amanhã no máximo, descobre que urucubaca é esta, desvenda o mistério, me liga dando uma boa-nova, salva tua amiga que pirou legal.

Vanda

Prezados senhores,

eu poderia escrever apenas "venho por meio desta solicitar minha dispensa do quadro de funcionários da empresa", mas seria uma carta de demissão como qualquer outra e não fui um funcionário como qualquer outro, então: venho por meio desta comunicar que não compactuo com a maneira ilegal de conduzir os negócios da empresa, que não pretendo me beneficiar de um dinheiro que está entrando sem fonte comprovada, que não passei sete anos da minha vida trabalhando honestamente para ser persuadido a virar um corrupto e que não temo ameaças: o que me assustaria seria ter minha vergonha perdida. Venho por meio desta solicitar que permitam que os outros funcionários tenham a opção da decência, que os prezados senhores não obriguem os mais fracos de bolso a se corromperem só para não perderem o emprego e que tenham a dignidade de não usar a retidão deles para justificar atraso nos salários, que isso é chantagem. Venho por meio desta, também, sugerir que a Verônica não seja tratada como uma prostituta pelo fato de ser uma secretária bonita e vaidosa, e que a dona Luzia possa voltar para casa no final do dia no mesmo horário que todo mundo, pois tem filhos para buscar na creche, e não há sentido que fique até mais tarde servindo café quando as reuniões se tornam tão ilícitas que precisam ser feitas com a noite avançada. Venho por meio desta avisar que existe muito jornalista aí fora oferecendo a mãe em troca de um escândalo, e mesmo que esta empresa seja de porte médio e sem importância significativa para o país, ainda assim renderia uma bela reportagem sobre a canalhice institucionalizada no Brasil. Venho por meio desta recordar aos digníssimos chefes de que cada um de vocês possui no mínimo dois filhos, alguns até mais, e que o dia em que eles souberem a maneira como o pai deles ganha a vida podem se envergonhar, se tiverem algum caráter. Na pior das hipóteses, eles podem se orgulhar de vocês e manter os mesmos métodos quando chegar a vez deles de administrar a empresa, e aí será a vez dos filhos deles de lidar com este vexame, pois em alguma geração desta família o bom senso há de vingar. Venho por meio desta lembrar que o carro da empresa está com o freio mais gasto que a minha paciência, e que não vai demorar para o Roger sofrer um acidente sério, e então vocês descobrirão que a economia que pensam estar fazendo vai ser ridícula perto da indenização que a esposa do nosso valente motorista vai cobrar dos senhores. Venho por meio desta dizer que a propaganda que está no ar não só é antiga (mulher pelada não serve para vender qualquer coisa, como tive o desprazer de ouvir em aflitiva reunião de briefing – a não ser ela mesma, claro) mas também de mau gosto e totalmente ineficaz, como tem sido o gerenciamento dos negócios desde que promoveram aquele menino MBA que não sabe o bê-á-bá. E venho por meio desta, por fim, dizer que a Priscila, tão gostosa e tão prematuramente colocada no lugar da gordinha Silvia, não esteve grávida coisa nenhuma, ela pegou emprestada a urina de uma amiga com dois meses de gravidez e fez o teste fornecendo esta urina para o laboratório, por isso o exame em nome dela deu positivo, e o dinheiro que esta piranha, durante um pranto fingido, pediu a um dos senhores garanhões para retirar o inexistente feto de circulação foi gasto todinho numa loja multimarcas bem chinfrim, o que diz muito sobre ela. Conversas de refeitório podem ser reveladoras, experimentem um dia o bandejão da dona Ivone e divirtam-se.

Atenciosamente,
Erivaldo Carvalho Pontes Freitas

Vasco,

meu amigo, obrigado pela sua presença afetiva num momento inacreditável como este. Não há palavras, meu velho, para descrever o sofrimento. É mais do que a dor da ausência, é o passado que arromba a vida da gente e nos aponta o dedo, e pra qualquer lado que eu olhe não há inocentes. Nem mesmo Beto, este lindo e estúpido menino que tirou a própria vida sem uma razão convincente. Menino... Ainda o chamo de menino, com seus 27 anos que mais pareciam doze, catorze, não mais que dezoito, um menino que nunca amadureceu, sempre angustiado com seus ideais infantis e sonhos impossíveis. E agora nos apronta esta, espalhando culpa por todos os cantos da casa. Nem a Nequinha, que era o porto seguro do Beto, sua cúmplice, sua melhor amiga, nem ela consegue entender este impulso esquizofrênico do irmão e se responsabiliza de alguma forma, junto conosco. Pra sempre iremos nos perguntar como poderíamos ter evitado, e para sempre a resposta não virá. O que faz um gurizote dar cabo da própria vida quando mal iniciou a curti-la? Tinha uma namorada de fechar o comércio, estava trabalhando comigo, agora me diz se não é uma burrice. Meu filho!

Velho, fiz uma coisa que não é do meu feitio. Procurei uma mulher aí, uma tal que recebe espíritos e psicografa cartas dos que se foram. Você imagina eu num lugar desses? O Rubião me recomendou, e tanto me encheu o saco que fui, mas fui sozinho, por pouco não me disfarcei para entrar no prédio. Isso é coisa de mulherzinha, mas nessas horas o desespero da gente não é masculino ou feminino, fui pra ver se descarregava um pouco o peso que está sobre os meus ombros. A mulher fez umas perguntas, depois pareceu entrar em transe e passou a rabiscar de um jeito frenético que deu até medo, parecia que a caneta iria voar da mão dela. Bom, depois de terminar ela ainda ficou um tempão de olhos fechados e com as duas mãos cruzadas sobre o papel, minha ansiedade era tanta que meu pescoço fechou, eu quase não respirava, deu vontade de arrancar as folhas debaixo dos braços gordos dela, mas achei por bem não interferir no ritual. Lá pelas tantas ela acordou e me entregou a coisa mais impressionante que já vi: a letra era do Beto. Inconfundível, porque é muito parecida com a minha, os mesmos garranchos. Mas o resto não, o vocabulário era formal demais, o Beto era um cara direto, e aquele que escrevia era um cara metido a filósofo, cheio de redundâncias, um troço cacete pra caramba. Falou até em Deus, logo Beto que nunca botou os pés numa igreja, e sacou uns pronomes que, misericórdia, ninguém lá em casa usa. Achei um tremendo papo furado, texto pra matéria do *Fantástico*, sabe aquele clichê de "corredor de luz"? Uma papagaiada. A única coisa que me paralisou um pouco foi o fato de ele falar em confusão em família e de que não havia arrependimento. Pô, é nisso que penso dia e noite, se ele morreu no ato ou se teve alguns segundos pra raciocinar e mudar de ideia, para pensar: porra, por que fiz isto? Vasco, o arrependimento nessa hora, na pré-morte, é que deve ser fatal. Ele disse na carta que eu podia ficar aliviado, mas vem cá, dá pra confiar nessas coisas mesmo? Eu estava a fim de frases mais reveladoras, motivos mais concretos, queria sair dali com a verdade nas mãos, eu paguei caro, pomba. Nem sabia que essa gente cobrava, achei que faziam por filantropia, piedade, sei lá. É religião também, não é? Vasco, desculpa te torrar com isso tudo, mas na hora dos tapinhas nas costas a gente não enxerga direito ninguém, todos se misturam, mas fiquei numa puta tranquilidade quando vi você, e amigo é isso, aquele que a presença conforta sem precisar de muito gesto ou dramatização. Esse lance da carta do Beto, não comente. Mostrei pra Neuza e ela se sentiu confortada, mas ainda acho que é trambique daquela mulher. Ela deve ter um texto pronto para cada caso: suicídio, acidente, assalto, gente jovem, gente velha. Acho que ela se enganou com o Beto e deduziu que era suicídio de coroa, como nós. Olha, até eu, que não escrevo chongas, teria sido mais original. Mas a letra, meu bruxo, era minha. Dá só uma olhada, segue uma cópia pra você, leia e destrua.

Ficarei bem, um abraço,
Gonçalo

Meu distante pai, eu não estou aqui, mas estou. Me fazendo presente de uma maneira possível neste agora que não é agora, e sim um tempo indefinido, um outro lado, algo intangível. Estou confuso, mas estou bem, aqui não é um lugar, não há paz nem terror, é apenas um corredor de luz que me leva e me traz, sem corpo, para a frente e para trás. Não lembro como cheguei aqui, não há memória, mas surge, de dentro da alma, uma certeza maiúscula: daqui não sairei, aqui é minha única possibilidade de existência, e sem nenhum remorso lhe digo que nem sentimentos possuo numa condição como esta, sou apenas um resto de consciência, e nem sempre forte. Não resta mágoa ou rancor, trago a sensação de um relacionamento confuso em família, neste outro plano que abandonei, mas não veio comigo a dor, aqui nada dói, tampouco nada alegra, e nem sei bem que aqui é este, não estou aqui, estou aí, agora. Certo de que você me compreende, te ofereço alívio, tome. Não há arrependimento. Fiz uma travessia, vim sozinho, não foi por vingança, eu precisava vir, era deste ar que eu precisava para acabar com o sufoco, acabou. E iniciou outra coisa. Você e a mãe, mais a Neca, que ninguém sofra pela impossibilidade de corrigir os erros dos outros, não há erro sobre a terra, não há erro em nenhuma escolha, os gestos se justificam, a vontade é suprema, eu vim para ficar e fiquem com Deus vocês, não estou preso, estou livre.

Bia, minha doçura,

não, não, não, está proibida de ficar triste, pro-i-bi-da! Pirou? Perdeu a noção do perigo? Caramba, como é que uma mulher como você pode se deixar abater pelo final de um romancezinho à toa? Sorry, sei que não foi à toa, que você curtiu, se esbaldou, foi bacana, tá bom, tá bom, é que, como não participei, não vi nada, nem conheci o tal fulano, fico aqui imaginando que foi uma relação fantasma, às vezes eu pensava que você tinha inventado esse cara, mas ok, me desculpe, sei que foi importante. Mas puta que pariu, não pode ficar abalada desse jeito! Não você! Não minha Biazinha, não minha amigona, minha fortaleza, você desmoronar é o prenúncio do fim do mundo, impeço, proíbo, não deixo.

 Aaahhhh, tá bom. Sei que é foda. Dor de cotovelo é pior que arrancar um siso, pior que fratura exposta – aliás, *é* uma fratura exposta. A gente fica ali vendo o osso pra fora, doendo feito a morte, e pensando se a coisa vai voltar pro lugar, se vamos andar de novo, se é possível tocar a vida sem se sentir um aleijado. Pô, se você não conseguir, quem vai? Bia, chore escondido, se esparrame na cama e molhe o travesseiro, faça aquele número que todo mundo conhece: chamar a si mesma de imbecil e decretar que nunca mais, nunca mais... Ora, nunca mais amar, nunca mais acreditar nas palavras bonitas desses sacanas, nunca mais tudo! Dê seu show particular, reprise o dramalhão algumas noites, e depois enxugue essas lágrimas e volte pra vida. Pra vida! Ele é o único homem do mundo? Não, né? Você disse que foi uma espécie de milagre a história de vocês acontecer, então, minha santa, quem faz um, faz outro, aproveite o know-how e dá-lhe milagre! Você já fez tanto por você, já foi tão longe, não vai entregar os pontos agora, nem pensar. Eu queria estar aí em Porto Alegre pra segurar sua mão, pentear seus cabelos, te levar para um shopping e dar um up nesse seu astral moribundo – você ainda detesta shopping? Menina, que DNA defeituoso esse seu, me explica como alguém pode não gostar de comprar. Gostando ou não, prometa que vai esta semana entrar numa loja bem cara e sair de lá com um monte de roupas que você não sabe onde irá usar. Ajuda, claro que ajuda. E nem ouse ler os e-mails dele, ver as fotos dele, lembrar dele! Lobotomia autorizada, lacre esta parte do cérebro, a da memória. Não lembre nada, não viva pra trás: planeje! Foque no futuro: uma viagem, um projeto profissional, novos amigos, novos hábitos! Encoraje-se, o verão está chegando e você está magra, magérrima! Bote este corpão numa praia, espalhe este seu sorriso lindo e você vai ver o que acontece. Milagres!!

    Não pergunte por mim, eu poderia ser animadora de auditório, mas quando se trata da minha própria vida é uma desolação. Estou sem ninguém há séculos, aqui em São Paulo sou a mulher invisível, poderia entrar num restaurante e sair sem pagar que ninguém viria atrás cobrar a conta, já é um superpoder, não é? Mas eu me acostumei com isso e nem dou mais bola, mas você, Biazinha, você é de outra linhagem, é mulher que precisa, pre-ci-sa estar amando, estar apaixonada, caso contrário não vive, fica robotizada, e você exige estar sempre possuída por um encantamento. Eu estive com você lá atrás, naqueles tempos duros, solitários, e sei que você merece um arrebatamento mais do que ninguém. Te amo como a uma irmã, mais do que amo minha irmã, até. Não conte pra ela senão ela apertará aquelas duas mãos gordas no meu pescoço. Bia, o que eu posso fazer de concreto a não ser te botar esta pilha inútil? Pensa que eu não sei que palavras não servem pra nada? Não servem pra nada. Ah, mulher, queria trocar de lugar com você pra te dar uma aliviada, sofrer um pouquinho no seu lugar, você já fez tanto por mim quando eu estava naquele desespero, lembra? Não lembre, esqueça.

Sofrer por amor é um atraso de vida, e não há remédio que entorpeça a dor, que amenize, que anestesie, nada, nada, antidepressivo não funciona nessa hora, e cocaína não ouse... A indústria farmacêutica ainda está muito atrasada em relação a corações feridos, não acha? Psiquiatra, que tal?

Conheço você, é durona, vai resistir, vai sobreviver a mais esta rasteira. Biazinha, eu sei de pelo menos três homens alucinados por você, que largariam família, emprego, amante, saltariam de um foguete em movimento para voltar pra Terra e te pegar, então escuta, trata de sentar, respirar, ficar bonitinha e avaliar os candidatos. Tô enxergando você aí puta da vida do outro lado, dizendo que não quer saber de ninguém, só dele, dele... Esses homens que nos largam, como ficam importantes depois que somem. Antes você nem dava muita bola pra ele, e agora olhe você. Vai superar, belezoca. Um pouquinho de paciência e champanhe e você melhora rapidinho.

Bia, não sei dizer as coisas sérias e inteligentes que dizem nossas outras amigas, elas devem estar sendo mais úteis do que eu neste seu momento, mas daqui de longe tudo o que posso fazer é te mandar estas letras de apoio do meu jeito atrapalhado e sem conteúdo, sou assim na alegria e na tristeza, no amor e na doença, um traste que não sabe dizer coisas profundas mas que te abraça e beija, kisses!

Clara

Marcio,

eu nunca te contei. Creio que esta será uma carta recheada de "nunca te contei que...". Vamos lá, promete ser longa. Nunca te contei que casei com você sem estar apaixonada. Nunca estive, aliás, durante todo o nosso namoro. Você foi o cara que surgiu na minha vida na hora exata, com qualidades adequadas e me oferecendo um futuro razoavelmente previsível. Achei, por esperteza, que não deveria perder este trem. Não que as coisas tenham se dado desta maneira tão cerebral, eu gostava de você, não cometeria a violência de estar ao lado de alguém que me causasse aversão. Mas não foi um arrebatamento, e creio que de sua parte também não houve badalos de sinos. Acredito, por ser uma observadora atenta, que a maioria dos casamentos são arranjos predeterminados. Aliás, determinados muito antes que apareça o candidato ao posto. Casamos na cabeça antes de unir os corpos.

Casamos antes, casamos sem saber com quem, mas já com o espectro do noivo formado em nossas mentes criativas. Entre as mulheres, te garanto, é um plano arquitetado desde cedo. Aí um homem surge e cabe direitinho em nossa idealização. Ele pode ser um pouco pior do que o esperado, ou um pouco melhor, mas quase justo. Como se diz por aí, é o nosso número. Você está certo se estiver pensando que isso não é romântico, mas eu acho bem refinado. Ora, nós dois casamos e fomos felizes, e a felicidade é uma sofisticação muito maior do que o amor.

Há quanto tempo somos felizes? Faça as contas: 22 anos. Foram ótimos momentos juntos. Inúmeros. Memoráveis. Tivemos, como era de se esperar, o tédio, a monotonia, a falta de entusiasmo, a vontade de trair. Eu tive antes que você. Nunca te contei, mas um homem chamou minha atenção alguns anos atrás. Você não irá acreditar: ele não valia nada. Muito pior que você em todos os aspectos – inteligência, humor, carreira, e o aspecto propriamente dito. Um cavalo comigo, sem o menor tato. Péssimo gosto para roupas e comidas. Qual o atributo deste príncipe de araque? Não era você. Apenas isso.

Não houve nada de muito sério entre nós, apenas umas trocas de e-mails e mais tarde uma troca desastrosa de beijos, nem eu e nem ele estávamos confortáveis com a situação, mas era o que havia em oferta. Não transamos. Juro.

Antes dele, nada. Depois dele, nada. Foi só isso. Uma tentativa idiota de ser um tipo de mulher que não sou. Fantasias cretinas de adultério. Olho para trás e me envergonho da minha incompetência para o papel. Logo uma mulher como eu, de tão inflamados discursos.

Depois veio o problema com a minha irmã, a doença, o caos familiar, já não pensava mais em aventuras, a fragilidade da Lalinha me ocupou integralmente nos últimos dois anos, o suficiente para esquecer um pouco de mim e de você. E você foi viajar. Foi morar em outra cidade. Nunca te contei, mas no começo foi um alívio. Ver você apenas nos fins de semana era, por si só, uma novidade. Tempo para mim, tempo para minhas leituras, minhas amigas, os cuidados com Lalinha, a supervisão das crianças – ainda as chamo de crianças. Marcio, sua promoção foi uma bênção. Foi. Mas só até aquela quinta-feira, em que descobri que você estava iniciando um caso. A conversa que tivemos. A briga. A sofrida investigação do que ainda trazíamos oculto um para o outro. Aquela quinta-feira em que, finalmente, casamos.

Desde então, me flagro passando um batom que imagino que você vá gostar, vestindo as roupas que você parece preferir, e cozinhando, eu que nunca me imaginei nesta função. Me descubro sendo o tipo de mulher que sempre desprezei: a submissa, a gueixa.

Te conto pela primeira vez, agora: nunca senti por você o que tenho sentido. Nunca olhei pra você como tenho te visto. Você está mais seguro. Mais bonito. Mais atraente. Mais independente. Você já não é mais meu. Por que tem despertado assim minha atenção? Pela mesma razão pela qual me interessei por outro homem: porque não é você. E segue muito melhor do que os outros.

Estou, pela primeira vez, apaixonada pelo meu marido depois de 22 anos de casada. Não sei se terei coragem de contar isso para alguma amiga. Ensaiei dizer ao Fred, mas acho que ele ainda não merece esta confissão. Receio que me dê alta.

E você, está gostando de se analisar? O que diz o seu médico a meu respeito? E sobre ela? Ela. Não me importa. Ela fez mais por nós dois do que nós mesmos. Já cumpriu sua trajetória em nossas vidas. Pode desaparecer. Desapareça com ela. Você tem aqui uma mulher a seus pés, nova em sua condição, virgem de sentimento, e com um tesão irreprimível. Marcio, te peço com humildade, ainda que não goste da palavra humildade: me enxergue com olhos novos também e vamos tornar real o que em nós sempre foi uma fraude, o amor.

Gabriela

Meus amados caretinhas: Marco, Juarez e Wilson,

não sou a velha destrambelhada que vocês pensam, mas até parece que sou, tendo que escrever pra vocês o que tantas vezes tentei falar e fui interrompida. Já que a conversa nunca vai adiante por causa da troça que vocês fazem de mim, então muito bem, escrevo e já aproveito pra deixar esta carta como uma espécie de testamento, ninguém vai poder dizer que não oficializei o pedido que venho ensaiando há uns bons dois anos. Eu já podia ter morrido nesse tempo, ou vocês acham que vou viver para sempre só porque sou alegre? E vocês não teriam realizado o meu sonho. É, bonecos, vou voltar ao assunto. Minha morte. Vocês são muito jovens, por isso ficam achando que o tema é mórbido. Mal sabem como me divirto pensando neste que será o meu evento master, o meu grand finale! Eu não vejo mais graça em comemorar aniversário, em ceia de Natal, essas coisas que se repetem e repetem e repetem. A morte não, meninos, a morte é estreia, primeira vez, e como não vou poder participar ativamente de todo o cerimonial, tenho que deixar instruções, e precisa ser para vocês, quem mais? Em nora não dá para apostar, o Marco já me deu três, e o Juarez está me ofertando a segunda, quem garante que essas que estão em vigência continuarão em seus cargos quando eu me for?

Filhos, não sejam caretas, levem na esportiva, vai ser um barato! Sobre a cremação já combinamos, não se atrevam a exibir meu cadáver num caixão malcheiroso, com aquele cobertor de flores cobrindo a maior parte do meu corpo e com os meus dedinhos entrelaçados, sem esmalte, segurando um terço, NÃO! Vai ser a maior desfeita se vocês me aprontarem essa encenação macabra. Sou alérgica à ideia de ficar exposta com dois algodões enfiados no nariz e um monte de gente circulando em volta da minha carniça feito urubus famintos. E depois tem a hora de fecharem o caixão, aquela claustrofobia, o adeus, o pranto, e de me colocarem terra abaixo ou prensada contra uma parede, o cimento impedindo a fuga, a lápide com a data de nascimento, todo mundo fazendo as contas pra ver quantos anos a finada tinha, não, não, vocês vão me poupar deste epílogo de última categoria. Cremação, já! Quer dizer, já não, mas quando chegar a hora. É mais higiênico, prático e elegante. Mas creio que isso vocês já compreenderam. O que me aflige é esta mania que vocês têm de evitar conversar sobre a segunda parte do plano: o lugar onde jogar minhas cinzas. Pois é a parte mais divertida da história, crianças!! Olhem aqui, rapazinhos, sigam lendo esta carta até o fim, não empinem estes narizinhos. É a mãe de vocês que está falando, respeitem.

Se eu fosse rica contratava um diretor de cinema – o Fernando Meirelles ou o Walter Salles – para filmar passo a passo a viagem de vocês. Um road movie! Já vi um filme em que uma filha levava as cinzas da mãe para algum lugar, e também teve um filme daqueles irmãos americanos com um roteiro parecido. Sei que a ideia não é original, mas eu faço questão! Gorda como sou, vai dar para encher a urna até a boca, vocês não terão dificuldade para espalhar um pouquinho de mim em cada lugar, porque não sou boba de permitir que vocês me espalhem inteirinha – maneira de dizer – no mesmo ponto. Nunca fui mulher de ter "o meu lugar". Tenho vários! E nem ousem me jogar no mar, esta mania besta de fazer as criaturas virarem ração pra peixe. Não quero saber de mar. Esqueçam o mar.

Por que vocês sempre empacam quando tento conversar sobre este assunto? Não vejo o que tem de tão absurdo. Será que não podem tirar dez dias de férias, os três, após a morte da própria mãe? Que patrão iria impedir? Vai ser a viagem da vida de vocês, seus moloides. Nunca levantaram a bunda da cadeira do escritório! Parece até que dormem de gravata. Vão viver um pouco, caramba! Nem que eu precise morrer pra isso.

Bom, a primeira parada quero que seja aqui mesmo na cidade. Separem 10% das cinzas para jogarem no Costelão. Exatamente. No meu restaurante preferido. Não quero que seja no Costelão do centro, é muito mal frequentado. Joguem no Costelão que fica em frente ao parque. Mas não joguem no parque!! Não quero virar ração para passarinho também. Joguem no Costelão mesmo, que me satisfez em inúmeros almoços de sábado. E sei que ele nunca vai fechar, funciona há trinta anos, vai funcionar por mais trinta, sem risco de falência. Como irão me jogar? Boa pergunta. Pensei em deixarem uma pitada de mim em cima de cada mesa, feito aquelas promotoras que distribuem brindes, mas o Pacheco vai reclamar, e não tiro a razão dele, não vai querer que bagunçem o seu estabelecimento. Dentro da churrasqueira, nem pensar, não sou pimenta nem tomilho, deixem que eles temperem a carne do jeito deles. Olha, pode ser na calçada mesmo, em frente à porta, por volta do meio-dia, assim a clientela que entra me leva pra dentro grudada no sapato.

Segunda parada: o cassino de Punta del Este. Não aquele de luxo. O outro, o cassino para plebeus, na avenida Gorlero. Punta é longe, sim, o que é que tem? Eu vou estar mais longe ainda, seus paspalhos.

Estarei no céu ou no inferno, e podem acreditar que não deve ser perto. Vão a Punta e aproveitem para pegar uma cor nestes corpos diáfanos, se for verão. Depois tomem uma cerveja Patricia por mim e à noite se toquem para o cassino. Se não quiserem jogar na roleta, não joguem, mas minhas cinzas vocês têm que jogar. Não interessa quanto perdi lá. O dinheiro era meu. Se puderem, levem a Marilda com vocês, ninguém me fez rir como ela, só nós duas sabemos a farra que fizemos no Uruguai, mas esta parte de levar a Marilda é opcional. Separem um tantinho de mim e espalhem numa mesa que não esteja sendo usada. Sejam discretos! Se puderem me largar no vermelho 32, melhor. Mas sei que estou pedindo demais. Só exijo que deixem um pouquinho de mim lá dentro, onde tantas vezes sonhei alto a ponto de desejar esquecer o caminho de volta.

Terceira parte do plano: Buenos Aires! Olhem que roteiro estou proporcionando a vocês. De primeiro nível. Bom, anotem aí: calle Rivadavia, 378, segundo piso, apartamento 20. Ele não vai deixar vocês entrarem. Não me perguntem quem é ele, apenas obedeçam. Talvez o sujeito nem esteja mais vivo. Ou não more mais nesse prédio. Mas eu estive lá uma meia dúzia de vezes e fui feliz como uma perereca. Se vocês tivessem sangue correndo nas veias, eu estimularia vocês a subornar a zeladora, que deve ter uma cópia da chave, e entrar no apartamento numa hora em que estivesse vazio. Explicando as motivações, ela iria topar. Aí era só jogar um pouco de mim por ali, na sala mesmo, em cima do sofá. O morador não iria reparar quando voltasse, o que é um pouco de poeira a mais? Mas vocês não irão entrar num apartamento estranho que eu sei, são três borrados, então me larguem na soleira da porta mesmo, no corredor do edifício, ou mesmo no elevador, porque tem um pouco de lembrança minha em cada canto desse lugar. E não me olhem assim porque sou viúva desde antes de Cristo, o pai de vocês se foi quando vocês ainda usavam fraldas e eu tive – e tenho, porque ainda não morri – todo o direito de ser feliz onde bem entendesse, e com quem.

De Buenos Aires vocês vão para as cataratas do Iguaçu. Lembram quando fui naquela excursão? Acho que foi a primeira vez que viajei sem vocês, meus três meninos crescidinhos. Nunca mais esqueci do barulho da água caindo. Uma coisa impressionante, uma potência, jamais ouvi um motor fazer aquele barulho ensurdecedor, coisas da natureza. O medo que me deu. Mas fiquei mesmo foi fascinada, uma lindeza aquilo, e um dia vai acabar. Tudo vai acabar, eu tenho lido no jornal. As matas, as cidades litorâneas, as geleiras, os desertos, vai tudo sumir. Por isso é bom se apressar. Eu sempre digo que vocês precisam conhecer o Brasil, mas parece que pra vocês Brasil é São Paulo, Rio e mais nada. Que pão-durice, que falta de horizonte. Vão a Foz do Iguaçu quando eu virar pó, está decidido. E vão me jogar numa queda d'água. Faço questão. Não troquem por mar, não quero saber de mar, esqueçam o mar, já falei.

De Foz podem voltar pra casa, mas ainda com um restinho de mim. O último despejo tem que ser memorável. Depois dos lugares onde me diverti, quero que vocês me joguem adivinhem onde. Não vão adivinhar. No cemitério! Esta é genial, confessem. Quero que vocês me joguem em cima da lápide do pai de vocês. Quero mostrar pra ele que fiquei do lado de fora, que nunca vou entrar pro buraco que ele tentou me puxar em vida. Quero que ele saiba, onde estiver, que minha independência venceu. Que eu não apenas gostava de sair quando moça, como até na morte escolhi ficar ao ar livre. Um bom sujeito, o pai de vocês, mas um chatonildo. Tentou me podar de todas as maneiras. Enquanto fomos casados, por intermináveis nove anos, eu não pude colocar o nariz para fora de casa, as alternativas eram ser mãe ou mãe ou então mãe. Viver estava fora de cogitação.

Por isso, meus três mosqueteiros, vocês vão realizar meu pedido. Eu vou fazer cópia desta carta e deixar com a Marilda, para ela cobrar de vocês quando chegar a hora. Acho que vou deixar com o meu gerente do banco também, porque vocês irão bater lá que eu sei. Não tem mais desculpa. Está tudo explicadinho. Não estou doente, não estou caindo aos pedaços, pretendo saracotear bastante ainda, mas se houver algum contratempo, está decidido: me queimem e me lancem! Não quero confinamento. Nunca quis.

Um beijo cheio de amor e alegria da
Mamãe

Gastão, meu lorde, amigaço,

eu vou explodir, cara. Não tente me converter, não é por aí. Quero apenas a chance, a big one, de ser quem eu sou e dane-se o universo. Está pra nascer quem vai me trazer de volta pro mundo de vocês. A Regina fez a parte dela, minha loira tentou, mas nem ela, nem ela. Eu perco o chão, o mundo e a mulher, e não consigo largar. Não consigo. Estou afundado até a testa, com os olhos já entupidos. A cara no lodo. Você não faz ideia, meu chapa. Só a morte pra me curar.

Simpática sua tentativa. E inútil. Você consegue ser mais patético do que eu. Gastão, desista. No way out. Eu não tenho saída. E nem quero. Não saberia como viver sem. Você não entende.

A droga não é pesada. Pesada é rótulo que dão. Ela é leve. Me põe pra voar. Eu só quero deitar e viajar. Tudo entra na categoria de vida perfeita. Nenhum mortal com defeito. Todos santos. Jesus. Deus. Mais que Deus. Quem é o pai de Deus? Eu. Acima de todos. Só eu sei como funciona este troço.

Gastãozinho, meu guri. Você vai casar. Que bonito. Sua garota é aquela ainda, a Tanira? Eu tive uma colega com este nome. Uma garota cor-de-rosa. Todinha cor-de-rosa, feito uma porquinha de fábula, nariz arrebitado e tudo, só faltava o rabo enroscadinho, mas como não comi, não sei se tinha. Sua Tanira é cor-de-rosa? Deve ser uma morenaça. Você não perde tempo. Taniras. Um perigo, estas.

Tem mulher com nome perigoso. Os pais deveriam ter cuidado ao batizar.

Não vou seguir seus conselhos. Não vou. Posso virar personagem de filme, morto no meio do roteiro, feito lixo, tudo bem. Não vou. O esforço estaria acima das minhas possibilidades. Eu gosto de droga. Gosto. Não vou parar. E já estou comprometido com o comércio todo. Você não tem como entender, você é limpo demais.

Cara, me empresta sua prancha? Vi ontem umas ondas delirantes. Parecia o Havaí. Será que existe mesmo esta porra? Havaí? Não parece coisa de filme do Elvis Presley, cenário? A gente cai em tudo o que dizem.

Gastão, meu brother, as paredes aqui deste meu cafofo já estão arranhadas, lascadas, de tanto eu tentar subir feito o homem-aranha, paredes são desafios, a gente precisa ultrapassá-las, e dá-lhe cabeçada, chute, escalada, dei pra escrever nelas, escrevo poemas, não risquei paredes quando pirralho, agora adulto fiz delas minhas páginas em branco, tudo anotado, toda a doideira deste desejo de querer fugir e não saber para onde.

Agora adulto. Eu, adulto. Que mentira. Eu sou tudo, um inseto, um monstro, um bebê, um demente, um nada, mas virar um adulto é ambição que não tenho, não sou tão louco. Minha irmã tinha esta resposta infeliz na ponta da língua, era uma fedelha e quando perguntavam a ela o que queria ser quando crescesse, a cretina respondia: uma adulta. E se tornou uma, bem feito pra ela. Não sorri, a travada. Não brinca, não se diverte, não fala bobagem, é bem adultinha a pobre da guria.

O pai e a mãe, se estivessem aqui, já teriam me colocado naquela clínica de novo, mas agora sou só eu e a adultinha na família, só nós por nós, ela tem os filhos dela pra criar, eu me crio sozinho, agora sem minha Regina ao lado, Regina que perdeu a paciência, mas valeu, Gastão, valeu a preocupação, você ainda é do bem, eu também sou, não pense que a droga me tira o senso de justiça, o valor das coisas, eu ainda sei de tudo e de mim, a droga só me salva da dor do enfrentamento, não quero me ver, não quero me saber. Escuta, tô ouvindo uma orquestra, juro, tô ouvindo uma música, acho que vem do clube lá da esquina, Clube da Esquina, não tinha uma banda com este nome, alguma coisa com este nome, lá na época dos

Beatles ou coisa assim? Rapaz, sou péssimo com datas e épocas e eras, sou do agora pra sempre, nascido e morto neste minuto, e juro que estou de cara, mesmo que você duvide.

Sigo fotografando para publicidade e recebendo um troco suficiente, não passo fome, não sinto fome, raramente. E ainda transo com umas Taniras por aí, agora solteiro de novo, descolo umas Veras, umas Fabianas, o mulherio tem fascínio por junkies, pego no sono em cima delas e elas voltam borradas de maquiagem pra casa, e ninguém se fala mais. Por que mulher não liga no dia seguinte?

Gastãozito, feliz de você que é um homem com rumo definido. Eu sou comprável, disparatado, o lanterninha de todos os concursos e ando até meio fêmeo, com umas ideias doces na cabeça. Poeta. Viajo nos versos tristes que elaboro. Viajar é cultura. Parar não é tão simples. Continuar é a quinta marcha, só vou, não há congestionamento, a estrada é livre e minha, fica com Deus, que seu casamento seja eterno e obrigado pela atenção dispensada, sempre quis escrever isso, obrigado pela atenção dispensada, mas tô dispensando.

Sem solução e ineficaz pra tudo que é sério,
seu amigo Cadu

Denise, ma belle, em que mundo te perdeste que não te reconheço mais? Perto sei que estás, mas tua sintonia não é mais a minha e a de ninguém que eu conheça, pulaste para o lado mesquinho da vida, que fica do outro lado da rua, mas alguém te alertou? Intuindo que não, adotei pra mim esta incumbência. Quero te trazer de volta para alguma sanidade possível, ou para uma insanidade menos vulgar. Fazer julgamento é algo que não me atrai, de amiga como tu muito menos, mas alguém tem que te dizer.

Viveste o que ainda não vivi, perda de mãe, uma dor que cada um é que sabe. Em qualquer idade, é um baque. Mesmo entre nós, adultas. Depois da morte, vem o luto, o pranto, a saudade e a herança, o momento de repartir não só lembranças, mas objetos, retratos, roupas e artigos mais luxuosos, se houver. Denise, teu tesouro pessoal é o que conquistaste antes de ela partir, é o que ela te deixou em vida: caráter, alegria, tua beleza, vocês eram idênticas. Disposição pro trabalho, que nunca te faltou. Tuas gavetas repletas de discos, blusões de lã, biquínis coloridos, livros de poemas que me obrigaste a ler e que eu nunca entendi, porque confusos, mas tu diz que são bons, então são. Tua sala cheia de flores, velas, panos por todo lado, atirados no chão, por cima dos móveis e pelas paredes, tenda indiana em pleno centro urbano, incenso, jarros com água, lápis de cor, janelas abertas, e tu linda, já disse isso. Se eu tivesse que fugir da minha vida seria pra tua casa.

Ela morreu. As mães morrem. Os pais. Os irmãos. Os cachorros da nossa infância. Aqueles tios das fotografias antigas. O ciclo não se interrompe. Viemos e iremos, e enquanto isso vamos escutando música e conversando um pouco, para nos distrair. Mães morrem. E deixam seus rastros para os filhos, sua história, seu encanto. E joias. Elas sempre ganham algumas em vida, e as deixam para nossa vaidade e cobiça.

A sua deixou mais que joias, e isso interessa apenas a você e a seu irmão, os que herdaram a criação, mas soube por terceiros que a criação não está lhes bastando e que vocês romperam. Você e seu único irmão romperam por causa de escrituras, romperam pelos brilhantes que ficaram, pelos anéis que aos poucos estão se transformando em alianças de rancor, decepção e solidão. Como se disputassem um amor: mamãe, de quem você gosta mais? Eu também perguntava isso para a minha, crianças gostam de torturar. A resposta sempre igual – "de ambos da mesma forma" –, e quem é que acredita? Denise, você também não vai escolher quando seus dois meninos começarem a disputá-la.

Soube ainda por outros – por que você não me telefona mais? – que o que te move é o ódio. Eu tapo meus ouvidos com as mãos porque, verdade ou mentira, não posso aceitar. Denise, ma belle, a menina mais encantadora do colégio, agora é esta que se afasta da luz do dia, tranca por dentro as portas do seu castelo e cai na cilada mais manjada da vida: trocar paz por dinheiro. Sei que deve lutar pelo que é seu, mas o que é nosso ninguém tira. O que é seu já lhe pertence. Que diferença faz guardar no cofre?

Denise, rogo pela sua sabedoria, que sempre foi maior que sua ambição. Você sabe que a pior briga é essa, a que visa uma riqueza imediata. Será eterna esta discórdia. A razão está dos dois lados, cada um de vocês está acertando contas com o seu passado, com a sua infância e com suas próprias carências. Todos nós chegamos até aqui abrindo mão de muita coisa lá atrás. Mãe é uma espécie de Nossa Senhora que nos impede a selvageria e o urro, ela mantém nossas emoções no lugar. Cabe a nós, quando ela se vai, concentrarmo-nos no esforço de seguir fazendo de conta que somos maduros. Ninguém é, e a orfandade é um álibi tentador, ela justifica que nunca mais paremos de chorar. Mas pare. Pare agora de chorar.

Estamos envelhecendo, Denise. E morreremos. Se for concedido a nós, antes da morte, um tempo para avaliar o que fizemos de nossas vidas, acredite, você não irá contabilizar o que está dentro do cofre, pois isso de nada mais adiantará. Pelo bem dos que ficam, o melhor é distribuir em vida tudo o que conquistamos de material, para que ninguém brigue pelo que não importa. Sua mãe não teve esse tempo, morreu rápido, mas sei que ela mesma tomaria para si este compromisso, sem permitir que vocês brigassem desse jeito. Ali adiante, Denise, na hora de fazer um balanço, o valor não estará nos cifrões, a contabilidade será outra: quantos amigos? quantos sorrisos? quanta felicidade? quanto amor? E seu irmão tem que pesar nesta conta. Porque são raros e eternos aqueles que nos viram crescer. São eles que merecem testemunhar tanto nossa chegada quanto nossa partida. A partida é sempre muito solitária.

Ma belle, viver bem não é para amadores. Puxe para si a responsabilidade de encerrar de vez essa inimizade estéril, esse desgaste emocional tão nocivo à pele e ao humor. Você não é uma menina, é uma mulher. E uma mulher deve saber discernir o que é, de fato, uma derrota e uma vitória. Derrota é quando a gente ganha dos outros, mas desiste de si mesma.

Ao seu lado, mesmo que você não veja,
Cris

Régis,

e eu ia te contar por quê? Sou besta nada. Você acreditou em mim por anos, quantos? Uns sete, se estou afiada nas contas. E estava tudo bem assim. Enquanto você estava ocupado com seu trabalho, nada ia torto, mas você entrou de férias e caiu na asneira de chafurdar minha vida, que vacilo. Queria encontrar merda e encontrou. Adianta o quê, agora? Você descobriu o que não precisava. Podia morrer sem saber. E a gente continuaria nossa vidinha boa, o Dieguinho são e salvo, mamãe santa, tudo como manda o figurino. Agora este carnaval. Minha mulher é puta! Vai deixar de me amar por causa disso? Vai só se remoer. O que sente por mim vai continuar igualzinho, só com alguma raiva adicionada, que às vezes é até incremento. Vale quanto que você está me amando mais?

As fantasias que fazem. A gente de minissaia de paetê, sendo comida por homens com dinheiro sobrando, gozando feito cadelas no cio, berrando palavreado bem sórdido e excitante. Quarto de hotel cinco estrelas. Pagamento em dólar – moeda barata, o dólar, já nem é objetivo. E os caras tudo cheirando a perfume, banho tomado, se apaixonando por nós, as fêmeas que dão o que as oficiais se recusam.

É tudo mais ordinário que isso, meu bem. Não chega a ser cafundó, não é meretrício de subúrbio, não vou pra esquina, mas o glamour é mínimo. Me ligam, dizem qual é o quarto em que o sujeito me espera, quanto tempo devo ficar, quanto vou receber, o que ele quer, e aí é tocar a campainha e o resto é como atender em balcão, se eu fosse balconista, ou preparar uma omelete, se eu fosse cozinheira, ou lavar o chão, como quem faz faxina. Job. Vou lá e cumpro a missão. Tão frio feito nós dois quando não estamos muito a fim.

Eles são mais velhos que você, mas ainda caminham sem muletas. A maioria é feia. Mas nenhum tenebroso, porque homem com dinheiro pra hotel, mesmo de duas ou três estrelas, tem algum trato, veste camisa limpa, toma banho todos os dias, faz a barba. Bacanão assim feito um gato de novela, acho que peguei uns dois no máximo. Entre nós a gente chama de homem de Hollywood. Hoje peguei um de Hollywood. Esses caras têm namoradas bonitas, mas não adianta. Mesmo elas topando tudo, até mais profissionais que a gente, não adianta: eles gostam de uma mulher sem nome.

Sou chamada uma vez por semana, no máximo duas. Sabem que levo vida direita, que não é meu ganha-pão principal, apenas reforço de caixa. Sou regra-três. Quando todas estão ocupadas, no aperto vou eu. Quase sempre dá pra dizer sim. De tarde é barbada. Só complica quando é programa noturno, mas você também não é das pontualidades, chega sempre depois da novela, às vezes não antes das onze. Mentir, quase nunca precisei. Você chegava tarde e eu tinha chegado cinco minutos antes, e você me pegava de dente escovado e camisola, pronta pra deitar como uma senhora. E eu ainda dava pra você, quando você queria. Você não vai gostar de ouvir: é muito excitante dar pra mais de um homem no mesmo dia. Pro cliente e pro marido. E ouve mais esta: nunca me senti uma vagabunda. Nunca. É meu corpo. Minha escolha. Meu dinheiro. Nunca fiz nada forçada. Meu nível é outro. Não sou uma miserável. Não tenho rabo preso. Faço o que me dá na telha.

Puta. Pensa que me agride? Acho a palavra até simpática. Podia ser nome de uma mascote. Vem, Puta, vem. Você leva muito a sério. Não deixei de amar você. Talvez deixasse de amar se me deslumbrasse com a atividade. Mas é só um trabalho, um ofício. Tomo banho e fico limpa de novo, sua como sempre fui. O amor, meu bem, não tem nada a ver com o assunto.

Pro inferno este sei lá quem que deu com a língua nos dentes, louco pra nos ferrar. Sacanagem. Inveja de algum brocha, colega seu do trabalho. Um cara que deve me achar gostosa, quer apostar? Ouviu algo e te azucrinou. Você não devia ter investigado. Me conhece. Sabia que não era improvável. A maioria das coisas que a gente ouve deveria esquecer. Não presta. Ouvir a si mesmo está de bom tamanho.

Agora você sabe, e daí? Olha a situação. Eu, você e Dieguinho, uma família feliz, churrascaria no domingo, *Faustão*, *Fantástico*, *Big Brother*, e agora um monte de "eu te amo" desperdiçados. Se você descobrisse que eu faço torta de limão pra fora, ou que eu costurava, ou cortava cabelos, sem você saber, ficaria com raiva também? Repito, é a mesma coisa. Quase. Se fosse pra doer em alguém, teria que doer em mim. Se não dói, por que dói em você? Finja que não sabe. Que não descobriu nada. Esquece esta bobagem, Régis. É só um pedaço de carne. Dois pedaços, o meu e o do cliente. Não tem romantismo. Beijo raramente, e nem gosto. Repara na vida tranquila que a gente leva hoje. Nenhuma dívida, o nome limpo. O que é mais importante?

Se quiser que eu pare, eu paro. Mas é como digo: é tão de vez em quando, e tão bem remunerado, que seria burrice. Já estou acostumada. E você pode seguir fazendo de conta que não sabe. Eu largando, nada vai mudar, a não ser nossa grana, que vai ser menor. Vou continuar sendo sua do mesmo jeito, você nem vai reparar na diferença. Juro, quase sempre era de tarde, e não mais que duas vezes por semana, três era exs...

Sempre escrevo errado a palavra que eu queria agora. Você sabe. Quando acontece pouco. Raro.

Esfria a cabeça, pensa e me liga. Estou na tia Hélia, em Araras, mas Diego tem que voltar pro maternal na próxima segunda. E você para o escritório. O pessoal nem vai lembrar do acontecido. Quantos sabem? Este seu colega sacana deve ter espalhado, né? Eu acho que você vai ser mais invejado do que outra coisa. Sou um pitéu, seu bobo. E sua. Desde o primeiro dia. Apenas aproveitei a oportunidade que Deus me ofertou. Quem não?

Você vai acabar concordando comigo. Sempre fui mais ligeira que você. Sorte sua uma mulher que agiliza. Que fatura algum. Quantas colaboram pra valer em casa?

Beijo no coração,
Angel

Renato,

gosto muito de você e por isso resolvi pegar este papel e esta caneta, coisa que tão raro tenho feito ultimamente, para tentar chamar a sua atenção para o que está evidente: você não teve culpa alguma, e ela tampouco pensou no que estava fazendo. Renato, tire essas ideias infernais da cabeça, soube que você andou especulando sobre há quanto tempo ela estaria tramando este suicídio, e que chegou a diversas hipóteses. Não sei quem andou estimulando em você esse tipo de pensamento, mas foi um irresponsável. Não acredito nessa lenda de que os suicidas avisam antes. Está certo que todos emitem sinais de desespero, fazem chantagens emocionais, aguardam serem salvos, é o que acontece. Dificilmente alguém se atira do oitavo andar sem jamais ter demonstrado uma aflição condizente com o ato. Até aí concordo. Mas acreditar que Marilia planejou com antecedência o dia e a hora, que fez tudo de caso pensado, aí acho exagero. Ela não era uma mulher como as outras, quem melhor do que você para saber disso? Tinha lá as angústias dela, que te digo, não deviam ser muito maiores do que as da maioria das pessoas. Quem é que, possuindo mais de dois neurônios, não se aflige com suas escolhas, não se pergunta duzentas vezes se é realmente feliz, não tem vontade de entregar os pontos por puro cansaço? Eu mesmo, Renato. Olhando assim, o que você vê? Um sujeito que construiu uma bela carreira na engenharia, joga golfe e tênis, possui um casamento convencional e satisfatório, filhos maduros e uma neta a caminho. Não passo dificuldades financeiras e nem mulherengo tenho sido, isso ficou lá atrás, na juventude. Sou ou não sou o retrato do homem bem-sucedido? Pois é, mas mesmo que eu tivesse meu rosto estampado na capa de uma revista como exemplo de cidadão, às vezes chego na sacada pra fumar e penso em como seria rápido e fácil dar um pulo. Por qual motivo? Nenhum motivo. Apenas pela facilidade da coisa. A morte ali, a dois segundos de distância. Um impulso, Renato, e lá vou eu. A troco? Sei lá. Para não precisar assistir ao *Jornal Nacional* que está para começar, para não ter que ver as mesmas caras no trabalho, para não precisar planejar férias, para não ter que jantar de novo no Il Bartollo e pedir o mesmo risoto de açafrão, para não ter que perder outra partida para aquele espanhol arrogante. Pular para sentir o vento no rosto, pular para surpreender as pessoas, pular porque afinal a morte virá de qualquer jeito e ao menos o salto é uma defesa contra uma doença futura, contra uma possível degeneração, ou contra a dor, a inconsciência, essas coisas. Quem quer durar demasiado e importunar os outros? Pular, Renato, para voar. Uma aventura radical, uma insensatez para deixar o mundo perplexo: "ele era tão feliz, por que fez isso?". É uma bela herança, Renato, deixar para a posteridade uma pergunta sem resposta.

Você conhecia Marilia melhor do que eu, lógico, era sua mulher. Mas eu imagino que as coisas se deram assim. Um pulo inconsequente, um salto por exaustão. Olhe em volta, chapa. É um mundo cacete, este. Os dias se repetem, as exigências de boa conduta são as mesmas, sempre. Quase nunca uma novidade, um estupor. Tudo igual. As reações, todas iguais. Você, sim, está vivendo agora uma explosão de sentimentos avassaladores, mas por causa de Marilia. Sabe que quase a invejo? Foi coerente com ela mesma até o fim. Que personalidade. Não pense que ela fez o que fez para magoar a família, para gerar uma culpa infinita em vocês. Era uma mulher inquieta, teve seu momento de chega, não quero mais brincar. Vou te contar uma coisa. Sou do ramo de construções. Você não faz ideia da quantidade de pessoas que não compram apartamentos em andares altos com receio da tentação. Vá dar uma olhada em quem mora no térreo. Não é só por economia. Ou até pode ser, mas não é economia só de dinheiro. É economia de pânico. Porque você ter a oportunidade da morte acessível, ali, todos os dias, não é algo fácil de lidar. É preciso um equilíbrio emocional que nem todos possuem. Não quero dizer que Marilia era uma desequilibrada, não é isso. Mas ela não resistia a si própria. Permitia-se pensamentos bárbaros, selvagens. Quantas vezes, aí na sua casa mesmo, ela bebeu um pouquinho a mais e disse coisas dilacerantes sobre a frugalidade de viver, sobre como nos amparamos em certezas absolutas que de absolutas não têm nada? Sentirei falta de nossas conversas. Marilia atordoava-se e ao mesmo tempo entretinha a todos com sua inteligência. Que rebelde era sua mulher, que amiga incomum. Do que você se culpa? De não estar em casa na hora? De não ter percebido a tempo? Renato, claro que você percebeu. Todos nós percebemos uns aos outros, somos todos suicidas em potencial. Ela foi apenas aquela que teve um impulso mais forte do que os que ficaram.

Não quero defendê-la. Ou quero? Meu esforço é no sentido de tirar de você essa culpa que não se justifica. Se você a tivesse segurado, não demoraria para haver outra tentativa. Ela possuía uma angústia imensa e não conseguiu externar essa dor – que nem gosto de chamar de dor, porque não vejo o que há de tão nocivo na angústia. Ela não soube transformar o sofrimento em algo criativo. Marilia não escrevia, não pintava. Seria uma artista se tivesse o dom. Não sabia o que fazer com seus questionamentos. Ela era maior do que si mesma. Pesava-se demasiado. Desejava nem sabia direito o quê. Isso enlouquece, Renato.

Marilia não ingeriu um frasco de comprimidos, não se deu um tiro, não colocou a cabeça dentro do forno com o gás aceso. Isso tudo predispõe um certo planejamento, aí concordo. Marilia saltou. Talvez um minuto antes, um minutinho antes, ela estivesse pensando em qualquer coisa amena, vulgar: que estava na hora de se depilar, por exemplo. Ou talvez ela estivesse esperando o início de um programa de tevê. Quem sabe foi até a varanda apenas para fiscalizar as nuvens no céu, preocupada se iria chover. Aí olhou para baixo. Lá embaixo, o solo. A reta final. Nunca mais precisar pensar em coisa alguma. Não é o que todo mundo quer, parar um pouco de pensar? Marilia fez o que considerou sua última molecagem. E o que me entristece, Renato, é que ela deve, claro, ter se arrependido nos segundos derradeiros, antes de se estatelar. O pulo é um ato impensado, mas na descida o cérebro ainda funciona, e deve dar um desespero, sim. Um último lampejo de consciência depois da loucura concretizada. O que conforta é que é rápido. Desculpe, Renato, talvez nada disso lhe conforte. Mas volto a dizer, não se responsabilize por não ter encontrado vestígios do plano. Não havia plano. Estou quase certo disso. Aceite o imediatismo de uma desistência.

> Seu amigo para sempre,
> *Danilo*

Virginia,

sei que você está bem, que está amando de novo, e não imagino o que pode ser mais revitalizante do que isso. Parabéns! Você ganhou na Mega-Sena acumulada, porque eu, por mais que tente, não tenho tido muito sucesso nesse setor. Como a maioria das mulheres separadas da nossa idade, estou no chove não molha. Mas não é sobre nada disso que venho lhe falar. Escrevo para compartilhar com você uma experiência que tem me tirado o sono, logo eu que sempre dormi feito uma ursa. Virginia, antes que eu entre no assunto, tente se lembrar de mim, ou da imagem que você tem de mim. Sou uma mulher carcta ou moderna? Com ideias preconceituosas ou liberais? Eu sei que as duas respostas que lhe vieram à cabeça automaticamente foram moderna e liberal, porque é fato: nunca babei pelas convenções. Se há uma coisa pela qual lutei nesta vida foi pelo respeito às diferenças. Hoje menos, por cansaço, preguiça, falta de tempo, mas você testemunhou minha militância pela abertura ampla e irrestrita de mentalidade neste grande país de moralistas, o que não faz dele "grande país" porcaria nenhuma.

Eis que hoje esta ativista pela igualdade entre os povos está com uma filha de catorze anos. Verdade: Rita já tem catorze e corre veloz rumo aos quinze. Uma garota com um caráter à prova de qualquer corrupção, com um bom gosto musical danado e que parece mais adulta do que nós duas juntas. Se personalidade pudesse ser medida e pesada, a dela entraria para o Guinness, de tão forte. Bom, Rita é tudo isso de admirável, mas tem sua porção desestabilizante. E é aí que me encontro mais perdida que mulher que levou um fora no altar.

Rita tem duas amigas. Só duas. Com a idade dela eu tinha uma turma íntima de dez, sem contar as amizades periféricas, que lotavam praticamente a praia toda, o clube inteiro. Rita tem duas. Uma mais estranha que a outra. Moda é palavra que não existe para elas. Possuem uma calça, uma camiseta e um tênis, é todo o seu patrimônio, e com esse uniforme pouco original vão à escola e ao shopping – mas não me pergunte o que fazem em shopping, porque compras não é. Encontram-se com uma tribo que não sei pronunciar o nome. Todo mundo sem rumo, falando um idioma das cavernas que não compreendo e que tampouco me esforço para.

Sol é palavra proibida. Rita consegue passar janeiro e fevereiro mais branca que uma nativa do País de Gales. Odeia mar, piscina, parque *e* diversões. O que a distrai? Computador, logicamente, e qualquer outra coisa que possa fazer trancada no quarto. Não estuda nada, mas é inteligente e ao menos nisso não me inquieta, passa sempre por média. O que, pensando melhor, não é normal também.

Pergunte a ela o que pretende fazer da vida e você não ouvirá respostas como medicina, advocacia, publicidade, e nem mesmo carreira de modelo – bela como é, poderia. Ela deseja prestar serviço assistencial em Moçambique. Ou então ser instrutora de paraquedismo. A última: está tendo ideias sobre ser desenhista de mangás no Japão – você se informe sobre o que é mangá porque não tenho tempo de explicar. Minha filha menor, de seis anos, sonha em ser cabeleireira, e, avaliando as alternativas, estou achando a glória.

Rita me pediu uma iguana como mascote. Eu, que não posso ver uma lagartixa, tive um ataque de riso histérico. Esporte? Quer fazer judô. Namorado? Eu bem que estava disposta a ter o meu primeiro genro, mas surgiu aqui em casa um menino tão estranho, de cabelo vermelho, jaqueta militar e olheiras profundas – e mudo! – que já estou gostando da ideia de ela morar comigo nos próximos quarenta anos.

Como se isso fosse viável, morar comigo para sempre. Rita quer começar a trabalhar para comprar seu primeiro apartamento. Excelente, disse eu. Trabalhar em quê? Gestão empresarial? Diplomata? Neurocirurgiã aos catorze anos? Imagine, ela quer trabalhar não para pagar seus sanduíches, mas para comprar um apartamento, e mais: para pagar seus estudos num país do exterior, porque não suporta a ideia de viver para sempre no Brasil – aí ela demonstra certa lucidez. Mas aos catorze, já pensando em tudo isso? Essa menina não está antecipando um pouco as coisas? Na idade dela eu estaria pensando no moleque com quem ficaria na próxima festa. Ela odeia festas, não sei se já comentei. Odeia de morte.

Bom, Virginia, te pergunto: por acaso narrei aqui que minha filha rouba, bebe, se droga, trafica? Não. Ela é a garota mais honesta e mais ajuizada entre as terráqueas. Fumar cigarro, pra ela, é crime inafiançável. Tem um controle tão acirrado com dinheiro que mereceria ser diretora do Banco Central. É educadíssima com os parentes. Adora ler. Já levantou a voz para mim, mas nunca me bateu, o que nos dias de hoje, sei lá, deve ser algo a ser comemorado. Ela é mais alta e mais forte do que esta mãe baixinha que aqui está se queixando. Podia me dar uns sopapos se quisesse, mas nunca trocamos mais do que beijos.

Virginia, minha amiga: o que deu em mim? A missionária a favor das diferenças, a mulher mais descolada de Ipanema, a bambambã que escrevia teses na faculdade sobre a importância da manutenção da individualidade, não está conseguindo lidar com o fato de sua filha adolescente não ser uma patricinha alienada como as outras. Eu, que sempre prezei as pessoas de caráter exclusivo, estou lamentando não ter um ser humano previsível dormindo no quarto ao lado. Virginia, como fui retroceder desse jeito?

Eu sei que isso é possível e até bem comum: ser aberta para o mundo e fechada em relação ao próprio epicentro, mas não eu. No fundo, torcia para ter uma filha que fosse ela mesma, mas de repente me surpreendo insegura por ela fazer escolhas tão na contramão do que se convencionou chamar de adolescência normal.

Que espécie de bicho é este: mãe. Se eu fosse apenas uma mulher, talvez conseguisse manter minhas opiniões intactas do berço ao túmulo, mas sou mãe, do planeta Maternidade, um monstro indecifrável, que ora acarinha e ora rebate, que não mantém muita coerência com o que diz e faz, uma esquisitona entre os mortais.

Tenho feito o que todas as mães fazem, dou conselhos que não serão seguidos e falo mais alto do que o necessário para ouvir minha filha dizer: mãe, não precisa gritar, não sou surda. Sabe o que a Rita traz em cada bolso da sua jaqueta? Argumentos. Bons, viu? Me calam. Me calam por três segundos, e logo me vejo esbravejando de novo, perguntando: como é que pode?? Pode, Virginia. Não sou dona da verdade.

Se ela gosta da vida que tem, quem sou eu para dizer que não é uma vida boa? E a minha, é?

A minha, Virginia, não é. Mas é parecida com a vida de muitos, e isso, por alguma razão, tranquiliza. Modernidade de araque, a que eu pensei que tinha. Vida sem graça, se comparada com a dela. Rita não me reflete, e isso me atormenta e excita.

Virginia, sou uma conservadora. Não espalhe.

Te abraço, indefesa,
Miriam

Cheguei bem, Renan.

    Não foi um voo fácil. Turbulências internas, as piores. Cinco horas olhando pro encosto da poltrona em frente, assistindo ao filme que passava na minha cabeça. Se o avião estava lotado ou vazio, não sei. A impressão que eu tinha é que estávamos só eu e ela lá dentro.

    Quando mamãe chegou aí em nossa casa, bravateou sua independência, você recorda? Como se sentiu moderna ao viajar sozinha pela primeira vez! Disse que a sensação era melhor do que sexo, e me confidenciou que fazia sexo ainda, portanto lembrava com o que estava comparando. Aos 65. Bela. E estava ciente de tudo, tenho certeza. Foi até nós para fazer sua festinha de despedida em família. Dizem que as pessoas sentem quando está chegando sua hora. O que ela não imaginou, aposto, é que eu a levaria de volta pra casa, como se a mãe fosse eu, e ela a menininha que não pode viajar desacompanhada.

Não lembro de ter gostado dela na infância. Eu a respeitava. Obedecia. Mas não a admirava. Precisava dela, que é outra coisa. Criança se desespera se não tiver referência adulta. Meu pai não contava, era um personagem da história apenas. Fui simpatizar com ela mais tarde, quando eu e você casamos. Você via nela algo que eu não via, era um genro dócil. Para se darem tão bem, alguma coisa especial ela deveria ter, e isso me fez observá-la com mais generosidade. Agradeço sua ajuda. Não que eu tenha descoberto o que tanto lhe encantava na sua sogra – nunca descobri –, mas incentivada pela sua complacência fiquei menos severa em meus julgamentos.

Eu não estava de preto e não lembro de ter chorado. Nenhum passageiro me interpelou. Não tinham como adivinhar. Uma comissária, porém, foi mais cuidadosa do que de costume. Perguntava sempre se eu queria alguma coisa, do que necessitava.

O caixão da minha mãe no bagageiro da aeronave. Do que eu necessitava?

Em certo momento da viagem me deu vontade de rir. Lembrei de quando você disse para Sofia que vovó havia ido para o céu. Então. Lá estava eu, junto, no céu, as duas. Voando para um enterro. Ela acima de todos, para em breve estar embaixo de tudo. Houve um momento em que eu pensei que o avião não deveria aterrissar. Enquanto estávamos no alto, parecia tudo estável. As coisas em seus devidos lugares. Eu poderia ter ficado ali sentada por anos. Uma ave migratória. Desde que eu soubesse que ela estava perto, sob meus cuidados, minha vigilância. Uma vigilância cega. Não a verei outra vez.

Serviram salmão, que eu não suporto. Mas comi com uma fome dolorosa. Me forcei a engolir, eu tinha que absorver. Estava acontecendo. Engula. Sua mãe, pela última vez, é sua bagagem.

Ela sempre me pesou e agora me alivia com sua ausência, e eu ainda não me acostumo. Ser órfã é ser livre? Órfã – mas ainda tenho pai. Ele assumiu tudo desde que cheguei. Está tomando as providências para o sepultamento com um quase entusiasmo, ele sempre gostou de festas. Sua comoção é falsa, por trás tem a oportunidade de exibir sua "dor" aos amigos, ser o centro das atenções, coisa que minha mãe jamais deixava acontecer. E não vai deixar agora, o pai está se iludindo. Ninguém tira do defunto esta glória.

Passei o voo inteiro conversando com ela, mentalmente. Estávamos tão perto, tão incrivelmente a sós. Duas companheiras de viagem. Há uma certa cumplicidade quando duas pessoas correm o mesmo risco. E se o avião cair, mãe? Você não tem medo? Pra ela seria uma confirmação. Morta duas vezes. A extravagante.

Um cara paquerava uma mulher no assento de trás. Ouvi a conversa. Não moro em São Paulo, vou a trabalho, disse ela. Era tudo o que ele queria ouvir. Quase me intrometi e disse: eu também não moro em São Paulo, estou apenas levando minha mãe. No assento ao meu lado, mãe nenhuma, apenas um executivo obeso. Ninguém entenderia coisa alguma. É preciso se divertir em todas as situações. Nestas, principalmente.

Quando o avião tocou a pista, o solavanco foi forte. Minha reação primeira: ela estará bem? Estará de cinto? Que absurdo.

Meu Deus, que vida absurda.

Ela conseguiu me fazer voltar para esta cidade cinzenta, para este barulho que as pessoas frustradas fazem, para esta agitação que é só jogo de cena, pois todos vão para lá e para cá sem chegar a lugar algum. Ela me fez sair da nossa praia, da nossa paz, para me fazer cair de novo no buraco de onde com tanto custo saí, para a tristeza que deixei aqui, para minha adolescência putrefata, a garota mais morta que ela, que eu fui. Minha mãe morreu e interrompe minha vida presente, faz eu voltar várias casas. Ela não tem mais futuro e me obriga a recordar uma época em que eu também parecia não ter. A época em que eu a rejeitei tanto.

Estou de saída para o cemitério. Hora de enterrá-la e depois voltar ao seu quarto para remexer as gavetas e armários em busca nem sei do quê. Não quero nada. Mas o pai exigiu que esta tarefa fosse minha. Ele ficará bem. Apenas lamentará a falta de fotos do evento. Sério, ainda há pouco ele perguntou se pegaria mal fotografar. Pega, pai. Pega mal.

Duvido que eles dois ainda transassem. E eu não entendo que importância tem isso agora. Se é que teve um dia. Renan, chegarei quinta, tarde da noite. Imagino que entrarei no avião me sentindo uma contrabandista que fez a entrega combinada e que volta pra casa com a sensação de alívio por não ter sido descoberta, mas incomodada por não ter sido gratificada. Ela me custou alguma coisa. Ajude a descobrir quanto, me espere acordado.

Vivian

Felinta,

eu, que não ia tocar no assunto, vou. Aquilo que você me disse, não é bem assim. As pessoas só enxergam a casca. Não sabem a verdade, o que passa na alma, o que fica preso no osso. Pareço, só pareço. Não sou. Cometo cada asneira que me espanto. Como consigo torná-las tão secretas, é o que me pergunto. Um dia vão descobrir a fraude. Eu, um blefe. Uma invenção de mim mesma que colou. Eu chamo isso de fracasso. Não importa que você e os outros não concordem. Pro fracasso não é preciso público. Basta que o fracassado reconheça-se como tal e mergulhe no ralo da sua existência.

Não alcanço onde me colocaram. O pódio é alto demais. Meus joelhos desobedecem às ordens, não me posiciono altiva. Me detesto demais para aceitar cumprimentos. Sou uma ignorante. Não burra, mas ignorante. É calamitoso igual, Felinta. E o grave é que não pretendo melhorar.

Meu quarto, por que devo deixá-lo todas as manhãs? A cama. O colchão. Bem deitada é minha posição favorita. O teto me conforta, as paredes, estar protegida. Veria televisão pra sempre, se pudesse.

De tudo o que eu já disse, não compensa ficar um verbo para a posteridade. Não vai permanecer um acento sequer. Eu não sou eu quando represento, quando subo ao palco. Não quis nada disso. Esse respeito não é pra mim. Sofro de impropriedade. Queria sumir.

Lixo. Pegue tudo o que eu já fiz e recolha, ensaque e jogue em qualquer terreno baldio. Ninguém vai dar por conta. Nem eu, e é o que eu deveria estar tratando num divã. Nem eu, Felinta. Não me faço falta.

Durante esses anos todos, duas ou três frases foram verdade. Os "eu te amo" mais sinceros foram pra quem não amei. E os homens que amei não me escutaram. Eu não sei o lugar certo de dizer. A hora certa de ser humana. Tenho a sincronia de um espantalho. Paralisada. Ninguém precisa se assustar comigo. Eu sou de mentirinha.

Gostar é uma sofisticação. Perdi essa aula, não aprendi a manifestar meu afeto. De mim, gostei uma época. Hoje me repudio com mais honestidade. Dei muito errado, e poucos notam. E quem nota nem se dá o trabalho de me vaiar. O desprezo dos que percebem a farsa dói tanto quanto a adulação dos cegos.

E de agora em diante não existe tempo. É só uma reticência da rotina. Vou continuar sendo quem sou, aquela que não é. A mulher que eles veem. Me idolatram sem piedade. Se me amassem de verdade, não me perdoariam a displicência, perguntariam o que ainda faço aqui. Não consigo me varrer eu mesma. Se eu pudesse.

E tem quem considere o que não existe. Minha obra, trajetória, currículo, essas palavras esnobes. Felinta, eu não sou esta. Me ignoro. Como é que ninguém me acompanha? Queria ser amada pelo que não fiz. Muito deitada em sua cama, muda, perplexa, sem se intrometer no mundo, silenciosa. Daí sim. Daí era um mérito. Muito mais honesto.

Cada dia é um esforço para confirmar minha inexistência ativa. Eu, nas ruas, entrevistas, jornais, uma inexistente atuante. Eu, nome estampado, cabelos e roupas, inexistente copiada. Eu, que não sou eu, desacredito nesta euforia sem berço. Tinha que já ter nascido especial. Especial desde o primeiro arfar. Mas não. Ter me tornado especial depois dos trinta foi trabalho arranjado. Serviço de terreiro. Fiz algum trato sem medir consequências. Quando dei por mim, já era. Era esta.

E me chamam de modesta, que graça. A superstar humilde, um personagem. Mal sabem que não é humildade, é noção. Não me concedo fogos de artifício, não me rendo ao burlesco, sei da minha incapacidade congênita. Se sou mais inteligente do que eles, talvez seja por isso: inteligente é quem se reduz ao que é.

Então, como ia dizendo, aquilo que você me falou foi gentil, mas não é bem assim. Seu entusiasmo não é sustentável. Ganhei o prêmio não por merecimento, mas por fingir bem demais. Se fingir é honra, então me calo, mas não agradeço, não me sinto obrigada.

Natália

Prezado Adelino,

imagino seu espanto e estranhamento ao receber esta carta, é muito provável que poucas horas atrás o amigo estivesse no meu enterro. E eu nem sei de que morri. Engasgo? Ataque cardíaco? Neste momento em que lhe escrevo gozo de boa saúde, mas já tenho mais de setenta anos e nunca se sabe quando seremos chamados pelo Senhor.

 Meu caro delegado, sempre lhe tive muito apreço, conheço sua decência e honradez, assim como prezo os demais membros da sua família. Sua esposa, como tem passado? Lembro até hoje – o *meu* hoje, não o seu, que a esta hora em que o ilustre delegado me lê já estou acertando as contas com Deus – do dia em que celebrei o matrimônio do simpático casal, e desde então tive o prazer de vê-los sentados sempre nas primeiras filas da igreja, sem jamais faltar a uma única missa aos domingos, salvo por motivo de doença ou algum impedimento sério, como o daquele crime que lhe consumiu vários dias, sem pausa para descanso. Creio que foi o único crime que você não conseguiu solucionar. Pensando bem, aquele foi o único crime de verdade no seu currículo. Bem que você tentou, sou testemunha do seu alvoroço, do seu empenho, do seu atucanamento. Mas aquilo era crime de cidade grande, não era para o bico da nossa paróquia.

Adelino, Adelino, se lhe serve de consolo, aquele crime não roubou apenas o seu sono, mas o meu também, até hoje não durmo direito – e imaginar que, para você, neste instante e nesta data que não sei qual é, estou dormindo eternamente, quantas ironias reservam as cartas lidas post-mortem. Mas, retomando: enquanto você me lê, eu estou pálido e inerte embaixo da terra, porém agora, ainda vivo, mantenho minhas olheiras fundas e meu desassossego. Por nenhuma outra razão é que lhe escrevo, e esta carta endereçada a você lhe aguardará lacrada, até que chegue o dia da minha morte.

Confiei esta correspondência a Célia porque sei que ela é cumpridora zelosa das tarefas que lhe dão. Sendo minha irmã caçula de apenas 47 anos, Deus fará a gentileza de fazê-la sobreviver a mim. Se ela morrer antes, sei onde guardará a carta, está tudo combinado, buscarei o envelope e o confiarei a outro mensageiro. E se acaso morrermos eu e Célia juntos, num mesmo e inacreditável acidente, então é porque Deus mexeu seus pauzinhos e não permitiu que eu lhe relatasse o que vou relatar em instantes. Onde andará esta carta, santo Pai?

Em suas mãos, espero, e basta de especulações. Célia deve tê-la entregue conforme recomendei, assim que eu fosse enterrado. Vamos ao que interessa, pois. O crime. Aquele brutal assassinato da filhinha do policial Jerônimo. Um homem tão bom, uma menina tão preciosa, uma família assim destruída por uma vingança mesquinha. Vingança, Adelino. Você pensou nesta hipótese, mas não a levou adiante porque Jerônimo era bom policial, mas meio tacanho das ideias, para não dizer completamente burro. Eu sei que você investigou se Jerônimo ou alguém da família dele tinha inimigos, e ele respondeu que não, de jeito nenhum, somos gente do bem, aquela coisa toda. Você insistiu: mas Jerônimo, como policial, você já deve ter prendido um bandido, um delinquente. Tudo coisa miúda, ele lhe respondeu. Um pivete que afanou um chocolate da vendinha, um descuidado que atropelou um cachorro com a bicicleta, uma moça com umas ideias moderninhas demais, querendo tirar a parte de cima do biquíni para tomar sol na beira do açude, coisinhas de vilarejo com não mais de 3 mil habitantes. Ninguém nunca dormiu na delegacia, não é verdade? Adelino, que nó na sua cabeça. Como é que nesta lonjura de lugar, neste cotidiano pacato e moroso, com gente tão honesta e tão íntegra, uma menina de seis anos aparece degolada e judiada sem que ninguém tivesse visto, sem nem mesmo Deus ter percebido a tempo? Jerônimo não tinha inimigos, a mulher dele tampouco, nenhum parente tarado, bicho também não foi, a cidade inteira investigada, só podia ser forasteiro, e o caso foi para outra alçada e ninguém mais se interessou.

Mas eu sei quem foi.

Adelino, o único crime hediondo da nossa pequena Santa Edwige, nossa Santa Edwige tão longe da capital, tão longe do mundo. Você não queria deixar o sujeito escapar da justiça, e ele escapou, segue livre e solto, caminhando pelas nossas ruas, comprando suas coisinhas na mercearia, tricotando seus tapetes, e aposto que até foi ao meu enterro hoje à tarde, ou hoje pela manhã, ou de madrugada, sei lá a que horas fui bater as botas.

Tricotando seus tapetes, sim senhor. O marginal é ela. Uma doidinha, mas ninguém diz. Também, quem poderia supor que ela foi apaixonada pelo Jerônimo, que cultivou sua rejeição em segredo e que foi casar com outro por puro despeito? Eu já intuía que ela era meio tantã, me contava cada coisa no confessionário que nem lhe digo, mas eu me distraía com ela, achei que tinha alma de escritora, inventava histórias. Até que dois meses depois do crime ela veio até a igreja e revelou tudo com uma calma e com uma riqueza de detalhes que me deram até palpitação. No começo achei que ela estava apenas se apropriando daquele acontecimento trágico para dar vazão à sua mente fértil, mas aí fui conversar com você, Adelino, e tanta coisa batia. O horário presumido do crime, o tamanho dos cortes, o local onde foi encontrado o corpo, e passei a encarar a fulana com olhos preocupados. Ela percebeu minhas dúvidas e então, um dia, me trouxe a pulseirinha. A tal pulseirinha que havia sido o único objeto desaparecido, uma pulseira de plástico vagabundo, que toda cidade conheceu pelas fotos, e todo mundo procurou e ninguém nunca encontrou. Estava no bolso do vestido daquela que se confessava culpada e arrependida, que se colocava nos braços do Senhor Nosso Deus, que dizia que pagaria qualquer penitência, e que até chorar, um dia, chorou. Mas nunca perdeu a confiança no sigilo da confissão, isso ela deixou bem claro.

Não existe crime perfeito, existe é gente crédula demais, Adelino. Você é um homem bom, temente a Deus, nunca imaginou que uma jovem senhora fosse capaz de esperar longos anos até consumar uma vingança sem sentido contra um homem humilde que foi sua paixonite da adolescência, e ainda mais sendo o Jerônimo, que nem bonito é. Vá saber o que se passa na cabeça de uma mulher sonhadora, de uma mulher romântica, de uma psicopata que borda tapetes, que traz agulhas fincadas no coração e não consegue arrancá-las. Vocês, delegados, têm que ser meio psicólogos, e nós, padres, nem se fala.

Eu não podia partir sem lhe deixar de herança esta declaração. Faça sua parte, eu não lhe dei nome nenhum, mas você sabe de quem se trata. E acerte-se com sua consciência, que a minha eu entreguei a Deus e, mesmo sabendo que Ele não vai me perdoar esta transgressão, essa quebra dos votos, agora é tarde, agora eu já morri, agora eu não sou mais padre, homem, confessor, sou nada, sou apenas espírito, ninguém pode me desordenar.

Adelino, como é que você nunca encontrou esta pulseirinha ali, escondida dentro de um bolso, no seu próprio quarto?

Cuide-se. E obrigado pelas orações em meu nome, tenho certeza de que algum pai-nosso você rezou por mim há poucas horas. Que Deus ilumine seu caminho, pois fazer justiça com esta descoberta tão desejada nas mãos, e ao mesmo tempo tão perturbadora, não haverá de ser fácil.

Padre Josias

Mãe,

quando me deparava com esses questionários de revista em que perguntavam qual a palavra mais bonita da língua portuguesa eu sempre respondia em silêncio que a palavra era mãe, só podia ser mãe, e hoje continuo apostando que é esta a palavra mais bonita, e isso bastaria para a senhora saber que o resto desta carta não é o que deve ser levado em conta, o que importa está dito neste primeiro parágrafo, mas já que deixei a senhora sem minha presença para o diálogo, vou adiante.

Tive que me afastar. Não iria conseguir dormir e tampouco conseguiria acordar debaixo do mesmo teto que a senhora, enfrentá-la no café da manhã e dar prosseguimento ao que me foi revelado na hora do jantar, certas coisas não podem ser assim alinhavadas com o tempo transcorrendo, seguindo uma ordem cronológica, primeiro a senhora conta e em seguida eu reajo. Primeiro a senhora contou, ok, mas depois eu pirei, foi esta a ordem cronológica dos fatos, e, uma vez fora de mim, só me restou sair mesmo, evaporar, me buscar fora de casa. Não finja que a hipótese do meu desaparecimento não lhe ocorreu.

A primeira pergunta que me fiz foi: eu desconfiava? Primeiro baque: nunca. Jamais me passou pela cabeça, eu até me julgava parecida de rosto com o pai, e com a senhora de temperamento. E me sentia, estranhamente, a filha mais mimada, o que costuma ser papel da caçula, nunca da primogênita. Aquela foto em que a senhora está na praia, de barriga de sete meses, foi durante a gravidez da Estela? Como é fácil enganar uma criança. Eu não teria nenhum motivo para duvidar e portanto nunca duvidei e poderia ter morrido velhinha sem saber, e esta foi a segunda pergunta que me fiz: precisavam ter me contado?

Compreendo que a doença tenha lhe deixado mais sensível em sua relação com a verdade e a mentira, imagino que nesta idade e nesta situação em que a senhora se encontra tudo passe a merecer mais foco e o conceito de honradez se imponha, a senhora pensa não ter muito futuro pela frente e busca limpar sua biografia, retirar dela as fraudes, no seu lugar talvez eu fizesse o mesmo, mas não estou no seu lugar, estou no meu, e a verdade é um desconforto.

Mas a senhora contou. Não sei se agora está aliviada por eu finalmente ter conhecimento de que não sou sua filha biológica, que fui adotada. Devo ser agradecida à sua pressa ou ao seu pessimismo? A senhora podia ter filhos, o pai também, ambos saudáveis e sem problemas. Dois anos de tentativa e a resolução prematura: adotar. Fui morar com vocês e em seis meses a senhora estava grávida da Estela. Eu estaria onde, caso Estela viesse antes? O destino se alimenta do mistério.

E agora sou filha e sou irmã, não só de vocês, que me deram um sobrenome e uma criação. Sou filha e talvez irmã de estranhos também. Você diz que meus pais morreram. Nem mesmo você sabe. Ninguém sabe ao certo. E creia, a curiosidade é faminta, me devora. Queria ver ao menos o rosto de minha mãe e pai, os que me entregaram ao nascer. Não sinto raiva deles, não sinto raiva nenhuma. Não sinto pena, nem amor. Nada sinto com coerência. Estou perplexa.

Saí de casa hoje cedo – sem ter dormido – com a sensação de ter perdido todos os meus documentos. Virei uma mulher sem certidões. Me sinto como uma visita que ficou tempo demais. Uma criança que sofre de amnésia e que perdeu o ônibus que a levaria de volta ao lar. Não sei mais o nome da minha rua, estou sem endereço e telefone, e até meu rosto no espelho mudou, meus olhos parecem os olhos de um bicho que foi descoberto rondando um acampamento, estou com uma sede brutal, quero sentir o gosto do meu sangue.

Mãe é quem cria. Pai é quem cria. Isso é um pouco real, não totalmente. Há uma dose de diplomacia nestas afirmações. Sou um presente que vocês mesmos escolheram, sou um membro da família, uma filha amada, mas sou também um segredo. Eu vim ao mundo com uma história específica para ser vivida, mas fui capturada e levada para outra história, com outros personagens – invadi um conto de fadas. Escapei da vida que me era destinada. A sensação é que estou de passagem até que encontre o meu próprio "era uma vez". Era uma vez a oitava filha de uma mãe solteira, era uma vez uma criança que era para ter sido abortada, era uma vez uma menininha que nasceu sem querer, era uma vez uma fulaninha que iria dar muito trabalho.

Mãe, não chore. Vai tudo continuar, na prática, como sempre foi. Os Natais serão felizes. A senhora vai viver bastante ainda. E eu terei outro namorado assim que esquecer o Benito. Daqui a uns dias volto aí pra casa de vocês – pra nossa casa – como quem estará chegando de um feriado em Santa Catarina. Estou na casa de uma amiga e vou me alimentar direito. Amanhã retornarei à faculdade, vou me formar ainda este ano, como prometi. Mas hoje não fui ao campus. Não consigo me concentrar em nenhum outro assunto, os pensamentos familiares me exigem dedicação exclusiva. Preciso fazer deste susto um caminho. Me acostumar com a ideia de que uma revelação como esta não provocará alteração na rotina, me conformar de que sou apenas um dado estatístico. De que sou a prova da generosidade de vocês, um casal que não se preocupou com o fato de que eu jamais teria os mesmos traços familiares e de talvez ser filha de gente de má índole. Generosos, vocês, que me salvaram e salvaram a si mesmos num momento em que queriam muito ter uma filha de verdade. Não vou deixar de amar vocês. Também não acho que eu vá amá-los mais daqui pra frente. Está tudo bem.

Mas não foi generosidade. Foi pressa. Ou pessimismo. Esperassem mais, teriam Estela e talvez outra de verdade. Sei que sou uma filha de verdade, mas hoje tenho da verdade outra impressão.

Um beijo, mãe. A palavra mais doce da língua portuguesa ainda é esta com a qual sempre te chamarei.

Maria Tereza

Você disse para eu escrever tudo o que me passasse pela cabeça e tô escrevendo, mas como não consigo colocar as palavras no papel sem ter um destinatário, vai pra você mesmo esta carta que não é carta, faz de conta que estou falando com você, faz de conta que é mais uma consulta, mas não é consulta, é jorro, bem diferente das nossas sessões, porque quando chego na sua frente eu me censuro, olha que bosta de mulher eu sou, nem pro psiquiatra consigo ser eu mesma, mas hoje acordei não podendo mais comigo, não podendo mais com esta vida de aparências, eu não aguento mais fingir que sou legal, eu não sou legal, eu não sou razoável, eu sou racista, eu sou elitista, eu sou burra, sou menos que zero.

    Nada do que vejo e nada do que me contam me parece real, eu tenho a sensação de que estou ficando louca, porque no íntimo não sinto nem penso como os outros, não tenho os mesmos interesses, não tô nem aí pro destino do planeta, não tô nem aí pra política, não acredito numa palavra do que as pessoas dizem, não acredito na boa intenção de ninguém, tudo farsa, tudo atuação. Tenho vontade de matar esses caras do Greenpeace que ficam se acorrentando e torrando a paciência, eu tenho vontade de chutar esses carrinhos de supermercado que têm lugar para as crianças fingirem que estão dirigindo, sabe esses carrinhos de plástico gigantescos, em que cabe uma criança dentro, enquanto a cesta de compras fica em cima? Quem foi a criatura que concebeu um troço desses? Duvido desse amor que as pessoas dizem sentir pelas crianças, não pode ser verdade, qual é a graça, qual é o prazer, são barulhentas, desordeiras, exigem atenção o tempo todo, sugam nossas energias, a gente precisa estar sempre pensando nelas antes de pensar em nós, crianças, filhos, sobrinhos, bebês, coleguinhas, quanta exigência, quanta demanda, e o medo de que eles morram? A troco de quê botar no mundo alguém que vai acabar com tua liberdade pro resto da vida e ainda vai pendurar uma espada em cima da tua cabeça, a espada da perda? Eu não vou ter filho nunca, nunca – "mas como sabê-los?" Eu prefiro morrer sem saber, poeta, vou morrer sem saber, graças a Deus.

Eu não compreendo todos os textos que leio, não entendo esses intelectuais, cronistas, ensaístas, muita enrolação pra pouca comunicação. Acho peça de teatro quase sempre uma idiotice total, uma pretensão, uma imitação barata da vida, esta sim, o grande palco de todos, e dança também não me encanta nada, eu gosto de música, música sim, é a única arte que presta, porque preenche a vida da gente, alegra, complementa, é isso, música complementa as nossas cenas triviais, música serve pra alguma coisa, é bom ter trilha sonora, a coisa mais importante das novelas e do cinema é a trilha sonora, se fosse tudo apenas silêncio e palavra não haveria comoção, a música é que nos induz a achar que aquilo a que estamos assistindo é realmente algo importante, que a vida da gente também poderia ser assim, feito filme. Música é a ilusão necessária, a única.

E já que tô abrindo fogo, vou dizer, vou dizer só aqui, pra ninguém me ouvir e me encher os ouvidos, eu odeio pobre, eu odeio esses miseráveis na rua, eu tenho pavor de que toquem em mim e me peçam coisas, eu não sofro por eles, eu não fico com pena quando há matança nos presídios, eu quero que se fodam todos. Menos um, menos dez, que diferença faz? Podem morrer em emboscadas, podem morrer em carnificinas, que se danem, eu não sou a favor nem contra a pena de morte, nem penso nessas coisas, tô só deixando vazar, dizendo a verdade – quem é que diz a verdade? –, quem é que diz que acha ótimo quando um marginal morre, quem? A sociedade tem culpa, eu tenho culpa, todos uns pecadores, nós, os sem juízo, mas a verdade é que eu não me importo um pingo.

Não gosto nem de gente feia, pode? Essa foi engraçada, dizer que não gosto de gente feia, porque sou feia, sei que sou, mas ao menos sou ajeitadinha, me visto com modos, mas essa gente vulgar que tem aí na rua, putz, outro dia vi uma gorda de duzentos quilos que mal conseguia caminhar, com os seios saltando pra fora da camiseta, era indecente, devia ser presa por emporcalhar o cenário da cidade, e esses feios orgulhosos, coitados, não têm culpa, são de uma cor indefinida, são sebosos, têm mau gosto, a pele ruim, gente com caspa e com muito pelo, não gosto mesmo, ia ser bom se todo mundo tivesse um pouco de jeito, não ia? Nem precisava ser bonito, só ajeitado, gente que não usasse azul-celeste, eu não entendo quem usa azul-celeste e azul-turquesa, esses azuis que berram, e batom vermelho, que coisa medonha, as pessoas deveriam ser discretas, discretas, discretas, por que todo mundo quer ser reparado?

Jorge, Jorginho, meu analista preferido, querido, eu vou lhe dizer o que todos sabem: ninguém tem cura, e você também não, ninguém, somos todos um bando de artistas se fingindo de civilizados, vai negar? Ninguém gosta de emprestar dinheiro, de fazer favor pra parente, de chegar em casa com os pés cheios de areia, de livro com mais de duzentas páginas, de telefonar pros amigos no aniversário, ninguém se importa com os amigos, existe amigo? Será? A gente se esforça um pouquinho porque quer ter companhia de vez em quando, alguém pra beber junto, pra nos ouvir, mas a gente realmente seria capaz de algo nobre por um amigo? Algo nobre... não sei o que seria. Dar a vida por um amigo, acho que a única coisa nobre que existe é dar a vida pelo outro, o resto sai barato e quase nunca vem do coração, tudo vem do cérebro, o coração serve para bombear o sangue, só, só. Coração assim bonitinho, I love you, vermelhinho e sensitivo, em forma de bombom, que nada, é palhaçada, invenção, a gente sente com o cérebro, pensa com o cérebro, se fode por causa do cérebro, morte cerebral é a morte que vale, ataque cardíaco é só um piripaque, e pensar que o cérebro ainda tinha serventia, que desperdício.

Sexo também é outra piada, coisa pra adolescente, depois de um tempo ninguém aguenta mais trepar, é cansativo, anti-higiênico, ridículo. Podendo se masturbar, a troco de quê se dar o trabalho de toda aquela encenação patética, de toda aquela exposição, trabalheira, pra depois ficar todo mundo se sentindo vazio? Sexo aos dezoito anos é uma beleza, a gente ainda acredita nos sonhos, tem ataques de romantismo, essas coisas da idade, mas sexo aos cinquenta, sessenta, é insistência besta, é medo da morte.

Talvez eu esteja querendo botar todo mundo no mesmo saco pra não me sentir tão filha da puta, vai ver tem um monte de gente que leva mesmo tudo a sério, amizades, crianças, pobreza, meio ambiente, vai ver todos são louváveis e só eu seja rasteira, mas filha da puta não mesmo, porque eu sou tudo isso que eu tô dizendo mas não massacro ninguém com a minha revolta. Gente que reclama todo o tempo é atroz, então sou agradável, simpática, finjo que tô de acordo com toda essa coreografia urbana, pessoas caminhando no calçadão para perder peso, babás empurrando carrinhos com o filho dos outros, garotas de biquíni se sentindo pequenas deusas, o almoço em família no restaurante, o cara de terno e gravata no volante de um carrão achando que isso tem algum sentido, imagina gastar uma grana num carro que vale um apartamento, pode alguém ser mais estúpido? A gente chama de maluco quem se refugia num sítio e vive cercado de cachorros mas eu entendo e até invejo esses peitudos, pois são os únicos que entenderam, os únicos que foram honestos e desistiram de atuar, de dizer coisas amáveis e de serem bons, um cacete, doutor, um cacete viver 24 horas de acordo com esse circo e precisando usar de muita inteligência e articulação nos momentos em que pensa diferente de todo mundo, porque quem não sabe argumentar seu desacordo, você sabe, tá frito. Só os sábios têm o direito de ser do contra. Como a maioria não é sábia, finge, finge, finge, mas um dia cansa. Muito melhor pegar o boné e escapar pro mato mesmo, ficar assistindo de longe a esta pantomima, ah se eu tivesse coragem.

Bom, chega, vou fechar a torneira, tá tudo dito, ou melhor, tá dito um pouco, porque eu teria muito mais pra desaguar, a vida é repleta de insanidades, eu poderia ficar escrevendo até amanhã, mas vou parar, já é tarde, vou dormir, amanhã é sexta, amanhã vou ver você às quatro e meia, vou contar que botei no papel um monte de besteiras e você vai me pedir pra ler e eu vou dizer que sinto vergonha de mostrar e você vai concordar, "como queira, Dirce, não me mostre então, mas siga escrevendo se lhe faz bem", ora Jorge, faz bem, faz mal, o que importa? É apenas engraçado. Quase tudo na vida é apenas engraçado ou triste, o que mais há para se escarafunchar? Pensando melhor, não sei se vou lhe ver amanhã, sequei, não tenho mais nada pra dizer.

Oi, Isa,

tudo bem com você? Bom, aí estão as cartas prometidas, as que formarão meu novo livro. Me dispus a investigar muitas emoções que desconheço e algumas que me são familiares. As desconhecidas, claro, foram as mais excitantes. Colocar a mim mesma no papel de macho, prostituta, padre, adolescente, esquizofrênico e, principalmente, no papel das chamadas pessoas normais – que são as mais ricas em histórias pra contar –, te digo, foi uma aventura. Percebo este livro quase como um livro de contos, com personagens inventados e seus dramas particulares. Como não sou expert em escrever na terceira pessoa, as cartas me possibilitaram escrever na primeira pessoa e ao mesmo tempo criar ficção.

Ainda estou bem indecisa quanto ao título. Pensei, primeiro, em *Nervo exposto*, lembra? Te contei isso faz tempo. Mas acabei achando meio pedante. Depois pensei em *Humanos*, e sigo achando que tem tudo a ver com o livro, mas não me entusiasmo a ponto de bater o martelo.

Estava lendo outro dia um antigo relato da Simone de Beauvoir em que, em determinado momento, ela desabafa: "a vida me crava os dentes". Achei forte essa ideia da vida tentando nos arrancar um pedaço, não permitindo que a gente escape ilesa. *A vida me crava os dentes*. A minha crava e dói. A destes personagens, nem se fala. Mas seria um título pedante também. Na verdade, prefiro os mais curtos.

Comentei com alguns amigos sobre este livro e todos me perguntaram a mesma coisa: as cartas estão relacionadas umas com as outras? Para espanto geral, as cartas iniciam e encerram-se em si mesmas, são relatos de pessoas que nunca se viram, que não vivem na mesma cidade, mas que possuem em comum o fato de carregarem uma bagagem muito parecida, constituída por dores de cotovelo, mágoas, vontade de mudar de vida, medo. Acho que principalmente medo. A solidão ronda a todos, o tempo inteiro. A solidão da vida adulta. Alguns dos missivistas são tão desesperados – e pretensiosos – a ponto de, após a própria morte, continuarem a querer controlar a vida dos que ficam.

O que é uma carta, afinal, se não isso: um atestado de existência e uma tentativa de provocar uma reação? Queremos ferir, queremos sensibilizar, queremos purgar nossa culpa, queremos contato. Não só externo, aliás. Tem duas cartas em que a remetente escreve para si mesma – uma para o diabo que vive nela e a resposta do diabo, escrita pela própria, lógico.

Bom, Isa, eu me diverti escrevendo. O Moacyr Scliar uma vez disse, numa entrevista, que quem não sente prazer em escrever não vai conseguir provocar prazer em quem lê. Não sei se é uma regra. Conheço gente que sofre à beça escrevendo e entrega ao público uma obra fenomenal e profundamente tocante, mas se o Scliar estiver com a razão, então meio caminho andado, porque prazer não me faltou. Aproveitei bem meu tempo e espero que o leitor não desperdice o dele. É um livro que mostra pessoas vivendo situações bem mais comuns do que supomos. É como se as cartas psicografassem a nossa sociedade, esta sociedade cheia de incertezas e armadilhas que nos obriga a travar constantemente um diálogo com nosso demônio interno. Aliás, *Carta ao demônio* foi um título provisório que quase se tornou permanente, mas ainda não é o que procuro. O título, digo, porque o diálogo com o demo eu mantenho diariamente, graças a Deus.

Se você tiver alguma outra sugestão, Isa, mande. Pode ser curto, pode ser longo, desde que tenha a ver com esta nossa loucura domesticada que às vezes se rebela e escapa.

Beijos,
Martha

Coleção L&PM POCKET
ÚLTIMOS LANÇAMENTOS

1291. **Sobre a genealogia da moral: um escrito polêmico** – Nietzsche
1292. **A consciência de Zeno** – Italo Svevo
1293. **Células-tronco** – Jonathan Slack
1294. **O fim do ciúme e outros contos** – Proust
1295. **A jangada** – Júlio Verne
1296. **A ilha do dr. Moreau** – H.G. Wells
1297. **Ninho de fidalgos** – Ivan Turguêniev
1298. **Jane Eyre** – Charlotte Brontë
1299. **Sobre gatos** – Bukowski
1300. **Sobre o amor** – Bukowski
1301. **Escrever para não enlouquecer** – Bukowski
1302. **222 receitas** – J. A. Pinheiro Machado
1303. **Reinações de Narizinho** – Monteiro Lobato
1304. **O Saci** – Monteiro Lobato
1305. **Memórias da Emília** – Monteiro Lobato
1306. **O Picapau Amarelo** – Monteiro Lobato
1307. **A reforma da Natureza** – Monteiro Lobato
1308. **Fábulas** *seguido de* **Histórias diversas** – Monteiro Lobato
1309. **Aventuras de Hans Staden** – Monteiro Lobato
1310. **Peter Pan** – Monteiro Lobato
1311. **Dom Quixote das crianças** – Monteiro Lobato
1312. **O Minotauro** – Monteiro Lobato
1313. **Um quarto só seu** – Virginia Woolf
1314. **Sonetos** – Shakespeare
1315.(35). **Thoreau** – Marie Berthoumieu e Laura El Makki
1316. **Teoria da arte** – Cynthia Freeland
1317. **A arte da prudência** – Baltasar Gracián
1318. **O louco** *seguido de* **Areia e espuma** – Khalil Gibran
1319. **O profeta** *seguido de* **O jardim do profeta** – Khalil Gibran
1320. **Jesus, o Filho do Homem** – Khalil Gibran
1321. **A luta** – Norman Mailer
1322. **Sobre o sofrimento do mundo e outros ensaios** – Schopenhauer
1323. **Epidemiologia** – Rodolfo Sacacci
1324. **Japão moderno** – Christopher Goto-Jones
1325. **A arte da meditação** – Matthieu Ricard
1326. **O adversário secreto** – Agatha Christie
1327. **Pollyanna** – Eleanor H. Porter
1328. **Espelhos** – Eduardo Galeano
1329. **A Vênus das peles** – Sacher-Masoch
1330. **O 18 de brumário de Luís Bonaparte** – Karl Marx
1331. **Um jogo para os vivos** – Patricia Highsmith
1332. **A tristeza pode esperar** – J.J. Camargo
1333. **Vinte poemas de amor e uma canção desesperada** – Pablo Neruda
1334. **Judaísmo** – Norman Solomon
1335. **Esquizofrenia** – Christopher Frith & Eve Johnstone
1336. **Seis personagens em busca de um autor** – Luigi Pirandello
1337. **A Fazenda dos Animais** – George Orwell
1338. **1984** – George Orwell
1339. **Ubu Rei** – Alfred Jarry
1340. **Sobre bêbados e bebidas** – Bukowski
1341. **Tempestade para os vivos e para os mortos** – Bukowski
1342. **Complicado** – Natsume Ono
1343. **Sobre o livre-arbítrio** – Schopenhauer
1344. **Uma breve história da literatura** – John Sutherland
1345. **Você fica tão sozinho às vezes que até faz sentido** – Bukowski
1346. **Um apartamento em Paris** – Guillaume Musso
1347. **Receitas fáceis e saborosas** – José Antonio Pinheiro Machado
1348. **Por que engordamos** – Gary Taubes
1349. **A fabulosa história do hospital** – Jean-Noël Fabiani
1350. **Voo noturno** *seguido de* **Terra dos homens** – Antoine de Saint-Exupéry
1351. **Doutor Sax** – Jack Kerouac
1352. **O livro do Tao e da virtude** – Lao-Tsé
1353. **Pista negra** – Antonio Manzini
1354. **A chave de vidro** – Dashiell Hammett
1355. **Martin Eden** – Jack London
1356. **Já te disse adeus, e agora, como te esqueço?** – Walter Riso
1357. **A viagem do descobrimento** – Eduardo Bueno
1358. **Náufragos, traficantes e degredados** – Eduardo Bueno
1359. **Retrato do Brasil** – Paulo Prado
1360. **Maravilhosamente imperfeito, escandalosamente feliz** – Walter Riso
1361. **É...** – Millôr Fernandes
1362. **Duas tábuas e uma paixão** – Millôr Fernandes
1363. **Selma e Sinatra** – Martha Medeiros
1364. **Tudo que eu queria te dizer** – Martha Medeiros
1365. **Várias histórias** – Machado de Assis
1366. **A sabedoria do Padre Brown** – G. K. Chesterton
1367. **Capitães do Brasil** – Eduardo Bueno
1368. **O falcão maltês** – Dashiell Hammett
1369. **A arte de estar com a razão** – Arthur Schopenhauer
1370. **A visão dos vencidos** – Miguel León-Portilla
1371. **A coroa, a cruz e a espada** – Eduardo Bueno
1372. **Poética** – Aristóteles
1373. **O reprimido** – Agatha Christie
1374. **O espelho do homem morto** – Agatha Christie
1375. **Cartas sobre a felicidade e outros textos** – Epicuro
1376. **A corista e outras histórias** – Anton Tchékhov
1377. **Na estrada da beatitude** – Eduardo Bueno

lepmeditores
www.lpm.com.br
o site que conta tudo

IMPRESSÃO:

PALLOTTI
GRÁFICA

Santa Maria - RS | Fone: (55) 3220.4500
www.graficapallotti.com.br